Roland Lang

Tod eines Kuckucks

Zu diesem Buch

An diesem Sonntagabend donnert ein schwerer Sturm über den Schwarzwald. In einem der exquisiten Uhrenläden in der Stadt fällt ein Schuss – aber niemand hört ihn.

Danach liegt der Uhrmacher Eberhard Sebald lang ausgestreckt auf dem Parkett – und neben ihm ein kleiner bunter Kuckuck.

Wer hat Sebald getötet? Vorteile von seinem Tod haben einige. Zum Beispiel sein Stiefsohn und seine Noch-Ehefrau. Oder hat der Installateur Thiedemann beim Streit mit dem Uhrmacher die Nerven verloren? Und was verschweigen Sebalds Nachbarn?

Kommissar Reiche ermittelt mit der ihm eigenen Ruhe und Unaufgeregtheit. Aufregung gibt es hingegen in seinem Privatleben. Doris, seine Ex-Frau, sorgt für Turbulenzen und kommt ihm immer näher. Sein altersverwirrter Vater hingegen entfernt sich von ihm mehr und mehr.

Bald treten die Ermittlungen auf der Stelle und alle Spuren enden im Nichts. Reiche fängt an zu zweifeln. Sollte der Mord an Eberhard Sebald wirklich sein erster ungelöster Fall werden?

Es ist der *Hirrlinger Butz*, eine Fasnet-Maske, welche die Kommissare Reiche und von Barden schließlich auf eine neue Spur führt - und immer tiefer in den Schwarzwald hinein.

Der Autor

Roland Lang, Jahrgang 1942, veröffentliche zahlreiche Romane, Erzählungen und Features. Für Rundfunk und Fernsehen schrieb er Hörspiele und Drehbücher. Zahlreiche Preise, u. a. das Villa Massimo Stipendium. Zuletzt erschien von ihm im G. Braun Buchverlag „Ein Hai in der Suppe oder das Glück des Philipp Ronge. Ein 68er Roman“ und davor sein erster Schwarzwaldkrimi „Mord im Hirsch“.

Roland Lang

Tod eines Kuckucks

Ein Schwarzwaldkrimi

G. Braun Buchverlag

1

Die Woche begann mit einem Toten. Doch davon wusste Kommissar Reiche noch nichts. Er lag in seinem Bett und versuchte einzuschlafen. Über dem Schwarzwald tobte ein Sturm, der ihn lange wach hielt.

Als Reiche endlich die Augen zufielen, war das schwere Unwetter weitergezogen und er stand vor einem Geschäft, das er nicht kannte. Die Auslage war vollgestellt mit Möbeln. Jetzt sah er es: Es waren Antiquitäten, dunkle, mattglänzende Kommoden, Vertikos mit turmartigen Aufbauten und gepolsterte Stühle mit geschwungenen Lehnen. Ein alter Mann trat in die Auslage und tappte unbeholfen zwischen den Möbeln herum. Er befestigte große, schmutzige Zettel mit fremdländischen Schriftzeichen an den einzelnen Stücken. Reiche wunderte sich, dass der Mann die kostbaren Teile mit diesen unansehnlichen Papierfetzen verschandelte. In diesem Moment drehte sich der Alte um und schaute durch das Schaufenster auf die Straße. Reiche erschrak: Es war sein Vater. Wie immer trug er seine blaue, bis oben zugeknöpfte Strickjacke und die verwaschenen, ausgebeulten Cordhosen. Er machte mit dem Mund ein Geräusch, das wie ein Knurren klang und noch durch die Scheibe zu hören war.

Paul Reiche erwachte. Das Handy neben seinem Bett brummte. Bevor er es in die Hand nahm, schaute er auf die Uhr: Es war neun. Er hatte verschlafen. Von Barden, sein Kollege, war am Apparat. »Es gibt Arbeit«, sagte er nur.

Am Tatort hatte sich vor der Polizeiabsperrung eine Schar Neugieriger versammelt. Einige hatten ihre Schirme aufgespannt, um sich vor den Regenschauern, die gelegentlich noch durch die Straßen wehten, zu schützen.

Reiche hatte in der Eile des Aufbruchs seinen alten Schirm erwischt, ein Exemplar, dessen Bespannung zwei Rippen ausließ, die sich nun kahl zur Seite spreizten. Der Regen machte gerade eine Pause, als er im Laufschritt am Einsatzort ankam. Reiche klappte den Schirm zu, konnte sich aber nicht entschließen, ihn endgültig in den nächsten Abfalleimer zu werfen.

Das Uhrengeschäft, ein offenbar teurer Laden, befand sich in einem Eckhaus, vor dem ein Streifenwagen und der Wagen der Spurensicherung geparkt hatten. Überall lagen noch Äste, die das Unwetter von den Bäumen gebrochen hatte. Eine Kastanie in der Nähe war entwurzelt worden und war quer über die Straße gedonnert; der Stamm war inzwischen zersägt und die Stücke zur Seite geräumt.

Von Barden, der vom Kriminaldauerdienst informiert worden und kurz vor Reiche am Ort eingetroffen war, berichtete, dass es sich bei dem Opfer um Eberhard Sebald handelte, den Besitzer des Ladens und des Hauses. Er war vor einer Stunde von seiner Lebensgefährtin gefunden worden. Er und Lena Wehrle riefen sich jeden Morgen an, es war ein Ritual. Als Sebald auch nach einer Stunde noch nicht abnahm, machte sie sich ernsthafte Sorgen. Sie fuhr zu ihm, läutete noch einmal und als sich nichts regte, öffnete sie mit einem eigenen Schlüssel.

Sie ging hoch in die Wohnung, wo er nicht war. Auch im Laden fand sie ihn nicht. Sie betrat sein Büro und da sah sie ihn. Er lag auf dem Boden. Sie wusste sofort, dass er tot war.

Eigentlich sollten Reiche und von Barden als Ermittler das Haus nicht betreten, solange die Spurensicherung bei der Arbeit war – und das würde noch Stunden dauern. Aber der Hauptkommissar wollte einen Blick auf den Toten werfen. Er musste sich ein Bild machen, gewissermaßen Kontakt mit dem Mann aufnehmen, dessen Schicksal er nun aufzuklären hatte.

»Ich geh rein«, sagte er zu von Barden und drückte ihm seinen defekten Schirm in die Hand. Sein Assistent sah ihn überrascht an. Denn er wusste, dass es Wiedfeld, der Leiter der Spurensicherung, nicht gern sah, wenn die Ermittler den Tatort betraten, bevor die Kriminaltechnik ihre Arbeit abgeschlossen hatte.

Die Untersuchung und Absicherung des Tatorts war ein heikles Geschäft und dauerte. Es war jedoch unumgänglich, diese Zeit aufzubringen, denn von dem, was die Kriminaltechnik am Tatort herausfand, ließen sich weitgehende Schlüsse auf Hintergrund und Hergang der Tat ableiten.

Reiche musste einen weißen Overall sowie Überschuhe und Mund- und Kopfschutz anziehen, bevor ihn Wiedfeld ins Haus ließ.

Sebald lag an der rechten Seite des Schreibtischs, zwischen Schreibtisch und Wand. Er war nach vorn gefallen, auf seinen rechten Arm, sodass sein Körper eine leichte Drehung gemacht hatte. Der Notarzt hatte den Leichnam nur kurz in Augenschein nehmen müssen, um festzustellen, dass der Mann seit Stunden tot war.

Der Uhrmacher war von untersetzter, kräftiger Statur. Er hatte ein weißes Hemd an und ein Jackett. Auf dem Hemd war ein kleiner, nur münzgroßer Blutfleck zu sehen. Sein Kopf war zur Seite gedreht. Das Profil zeigte ein markantes Gesicht mit einem wuchtigen Kinn. Von der Schläfe bis hinunter zum Kinn verlief eine dünne, lange verheilte Narbe. Wie er neben seinem Schreibtisch ausgestreckt lag, sah er aus, als sei er in einer unbequemen Position eingeschlafen. Nur das eine Auge, das zu erkennen und halb geöffnet war, belegte in seiner Starre, dass kein Leben mehr in Eberhard Sebald war.

Als Reiche zum Wagen der Spurensicherung kam, um seine Schutzkleidung zu entsorgen, stand der lange Kommissar Tann am Wagen. Mit spitzen, behandschuhten Fingern hielt er einen nassen Herrenhut hoch.

»Den haben wir dort in der Hecke gefunden.«

»Wird nicht der einzige Hut sein, der letzte Nacht verloren gegangen ist«, meinte Reiche und versenkte seinen weißen Overall in dem Müllsack, den ihm von Barden aufhielt.

Tann steckte den Hut in eine durchsichtige Plastiktüte. »Immerhin nah am Tatort«, murmelte er.

Von Barden reichte dem Hauptkommissar den Schirm, den er bis jetzt in Verwahrung gehalten hatte.

»Vielleicht brauch ich ihn noch«, sagte Reiche und nahm ihn.

Sie drängten sich durch die Menge, die das Sebaldhaus anstarrte, als würde gleich der Papst aus der Tür treten. Einige Schaulustige hielten ihre Handys und Digitalkameras hoch und fotografierten das Gebäude. Der Kommissar deutete auf das Wohnhaus, das dem Uhrenladen gegenüber lag. »Von der Wohnung im ersten Stock müsste man eigentlich einen guten Blick in den Laden haben«, bemerkte er.

Von Barden folgte Reiches Blick.

»Und auch ins Büro.«

Sie schauten auf das Haus und schwiegen. Jeder hing seinen Gedanken nach. So wie sie dastanden, hätten sie äußerlich nicht unterschiedlicher sein können. Hauptkommissar Reiche war ein stämmiger Mann mit breiten Schultern und kräftigen Händen, dessen Haare sich, obwohl er erst dreiundvierzig Jahre alt war, immer mehr aus der Stirn zurückzogen. Die verwaschenen Jeans trug er auch an Sonn- und Feiertagen, ebenso wie seine kurze, nicht mehr ganz neue Windjacke.

Martin Alexander Christian Freiherr von Barden – so der volle Name seines Kollegen – war ein schlanker Mann mit einem feingeschnittenen Gesicht, der im Gegensatz zu seinem Vorgesetzten Wert auf anspruchsvolles Tuch legte. Man sah ihn nie ohne Tweed-Sakko, und wer einen Blick dafür hatte, bemerkte, dass von Bardens Gürtel, Schuhe und Hemd in Stil und Farbe immer zueinander passten.

Es waren die ersten Minuten nach dem Beginn einer neuen Ermittlung und sie wussten, dass sich von nun an ihr ganzer Tagesablauf, ja auch ihr Privatleben nach neuen Gesetzen ausrichten würde. Sie gingen hinüber zu dem Wohnhaus und von Barden drückte auf einen der Klingelknöpfe, auf dem *Wagmüller* stand.

Herr Wagmüller empfing sie mit einem dicken Schal um den Hals. Als sie im Flur standen und Reiche gerade seinen Ausweis zeigte, kam Frau Wagmüller aus der Küche, in der Hand eine große Tasse, aus der es dampfte.

»Ja?«, sagte sie und musterte die Besucher.

»Polizei.« Wagmüller hustete, wobei er sich den Schal vor den Mund hielt, und führte die Herren ins Wohnzimmer. Frau Wagmüller folgte.

Das Wohnzimmer war mit einer schwarzen Ledergarnitur und dunkelroten Perserteppichen eingerichtet. An den Wänden hingen statt Bildern Masken, alemannische Fasnetmasken, wie Reiche feststellte. Der Kommissar wollte erst stehen bleiben, aber auf Wagmüllers Handbewegung hin nahm er dann doch in einem der Sessel Platz.

»Möchten Sie vielleicht auch einen Grog?« fragte Frau Wagmüller. Sie trug einen Rollkragenpullover, der ihr ein burschikoses Aussehen verlieh. Reiche verneinte und auch von Barden schüttelte den Kopf.

»Sie können sich wahrscheinlich denken, weshalb wir hier sind«, begann der Kommissar.

Wagmüller nickte. Er war ein kleiner, untersetzter Mann, der Reiche wegen seines eigentümlichen Knebelbartes an Karl May erinnerte.

»Meine Frau ist hinuntergegangen, als wir den Auflauf sahen und die Polizei begann, die Straße abzusperren«, sagte er mit heiserer Stimme. »Wir können es einfach nicht fassen.« Er holte sein Taschentuch hervor und begann sich ausführlich zu schnäuzen. »Entschuldigen Sie.«

»Sie kannten Herrn Sebald?«

Frau Wagmüller schaltete sich ein. »Wie man sich als Nachbarn eben kennt. Voriges Jahr haben wir bei ihm eine Uhr gekauft – ein Konfirmationsgeschenk für meinen Neffen.«

Von Barden holte sein in Leder eingeschlagenes Notizbuch hervor. »Dann waren sie nicht befreundet?«

»Nein-nein.« Während Herr Wagmüller sich gesetzt hatte, war Frau Wagmüller stehen geblieben. Reiche meinte eine gewisse Unruhe an ihr wahrzunehmen. Er stemmte sich aus dem Sessel hoch und trat ans Fenster. »Sie können von hier aus direkt in die Verkaufsräume sehen«, stellte er fest.

»Und in sein Büro«, meinte von Barden. Die beiden Kommissare standen am Fenster und sahen hinunter auf die Straße, wo immer noch ein Pulk Neugieriger stand.

»Abends sehen wir nur, ob Licht im Büro ist«, sagte Frau Wagmüller. »Dann zieht Herr Sebald meistens den Vorhang vor. Sie wissen schon, diese Lamellen, die man so schräg stellen kann.«

»Manchmal hat er sie auch tagsüber vorm Fenster«, ergänzte Herr Wagmüller.

Auch jetzt war der Vorhang geschlossen, nur in den angrenzenden Verkaufsräumen mit den Schaufenstern sah man, wie ein Mann von der Spurensicherung Videoaufnahmen machte.

»Es ist Ihnen also gestern nichts Besonderes aufgefallen?«, fragte der Kommissar. Er drehte sich um und bemerkte, dass sich Frau Wagmüller hinter den Sessel ihres Mannes gestellt hatte.

»Nichts.« Wagmüller schüttelte den Kopf. »Wir waren

mit meiner Erkältung beschäftigt.« Er lächelte verlegen, als habe er ein Versäumnis zu entschuldigen.

»Außerdem hatten wir bis gestern Besuch«, fügte seine Frau hinzu. Sie deutete auf die Tasse. »Trink, solange er heiß ist.« Herr Wagmüller nahm die Tasse und trank einen kleinen Schluck.

»Besuch?« fragte von Barden.

Wagmüller nickte. »Herr Mayer, eine Urlaubsbekanntschaft.«

»Vielleicht hat er etwas Ungewöhnliches bemerkt«, meinte Reiche.

»Ich glaube nicht. Jedenfalls hat er nichts gesagt.«

»Wir werden ihn fragen.«

Herr und Frau Wagmüller wechselten einen Blick. »Er ist bereits nach Hause gefahren.«

»Ich glaube«, meinte Wagmüller und begann zu husten, als wolle er das Gesagte unterstreichen, »er hatte Angst, sich bei mir anzustecken.«

»Wo wohnt er?«

»In Gengenbach.«

Reiche drehte sich wieder zum Fenster hin. »Wie lange hat denn normalerweise das Licht in Sebalds Büro gebrannt – nach Feierabend?«

Frau Wagmüller zuckte mit den Schultern. »Nie sehr lange. Der Laden hat um halb sieben zugemacht und eine halbe Stunde später war auch das Licht im Büro aus.«

»Aber es kam schon mal vor, dass er länger im Büro war«, meinte Herr Wagmüller. Er schniefte und griff auf einen Blick seiner Frau hin wieder zur Tasse.

»War das in den letzten Tagen einmal der Fall?«

Reiche ließ von Barden die Fragen stellen. Er schaute sich die Fasnetmasken näher an. Es waren kostbare Stücke darunter. Der Kommissar kannte sich in der alemannischen Fasnet ein wenig aus. Während seiner Ausbildung auf der Polizeischule in Villingen hatte er einen Maskenschnitzer kennen gelernt, einen uralten Mann, der inzwischen nicht mehr lebte, und der ihm die verschiedenen Larven – in Villingen hießen sie Schemen – erklärt hatte. Hier im Zimmer gab es einige alte, wertvolle Stücke, die man nicht eben an jeder Straßenecke erwerben konnte.

»Ist Ihnen aufgefallen, dass Herr Sebald in den letzten Tagen länger als sonst in seinem Büro war?«, wiederholte, von Barden seine Frage.

»N-nein.« Die Antwort kam zögernd. »Eigentlich nicht.«

Von Barden klappte sein Notizbuch zu. »Im Erdgeschoss scheint niemand da zu sein.«

»Die alte Frau Kramer ist vor einem Monat gestorben. Die Tochter hat die Wohnung noch nicht aufgelöst.« Und als wolle sie der Frage des Kommissars zuvorkommen, sagte Frau Wagmüller: »In der Mansarde über uns wohnt Herr Seitz. Der ist zurzeit auf Montage. Der ist oft weg und da gieß ich seine Pflanzen.«

Bevor sie gingen, deutete Reiche auf Wagmüllers Wandschmuck. »Sie haben da schöne Masken.«

Trotz Erkältung leuchteten Wagmüllers Augen auf. »Verstehen Sie was davon?«

»Ich bin kein Experte«, wich Reiche aus.

2

Als sie wieder auf der Straße waren, meinte von Barden: »Ich hab das Gefühl, sie wissen mehr, als sie sagen.«

»Wir nehmen sie uns später noch einmal vor.« Reiche sah die hochaufgeschossene Gestalt von Dr. Geiger auf sie zukommen. Über seinem grauen Anzug, wie immer mit Fliege, trug der Staatsanwalt heute einen beigen Staubmantel. Die Kommissare und er gingen ein paar Schritte in die Seitenstraße hinein, um Abstand zum Publikum zu halten.

»Kriminalrat Hoffmann hat mich schon informiert. Die richterliche Anordnung zur Obduktion ist auf dem Weg.« Geiger, obschon offiziell »Herr des Verfahrens«, hielt sich meist im Hintergrund, was die Ermittler zu schätzen wussten. »Was sagt die Spurensicherung?«

»Wir sind am Anfang.« Reiche reagierte immer mürrisch, wenn alle Welt von ihm, kaum war das Opfer identifiziert, schon große Berichte und kluge Analysen erwartete.

Sie gingen, von der Menge neugierig gemustert, hinter die Absperrung und Geiger warf durch die offene Ladentür einen kurzen Blick in die Verkaufsräume. »Gut, wir sehen uns dann heute Abend bei der Besprechung.« Und er entschwebte mit wehendem Mantel.

Es hatte wieder zu regnen angefangen. Reiche tippte sich an die Stirn. »Ich hab den Schirm bei Wagmüllers vergessen!«

»Sollen wir zurück?«, fragte von Barden.

Reiches Handy brummte und enthob ihn einer Antwort. Kriminalrat Hoffmann, der die Leitung der Soko übernommen hatte, meldete sich. Während der Hauptkommissar telefonierte, musterte von Barden die umliegenden Häuser.

Nachdem Reiche sein Handy zugeklappt hatte, trat er zu seinem Kollegen. »Ich denke, spätestens gegen Mittag wird die Spurensicherung die Leiche zum Abtransport freigeben.« Er räusperte sich und wusste nicht recht, wie er fortfahren sollte. Aber von Barden ahnte bereits, worauf sein Mentor und Kollege hinauswollte. »Ich soll mit zur Obduktion nach Freiburg, stimmt's?«, fragte er mit belegter Stimme.

»Ja.«

Beide schwiegen einen Moment. »Hoffmann meint, das wäre jetzt eine gute Gelegenheit.« Reiche schaute von Barden ins Gesicht. »Guck dir's an. Wiedfeld ist ja dabei.«

Reiche wusste, dass von Barden im Zuge seiner Ausbildung bereits einmal bei einer Obduktion dabei gewesen war und damals den Raum verlassen musste, weil er, grün im Gesicht, in sein Taschentuch gebrochen hatte.

»Gut«, sagte von Barden und nickte.

»Vielleicht seid ihr ja bis zur großen Lage heute Abend wieder da«, meinte Reiche. Es klang ein wenig nach Trost.

Reiche ließ sich die Adresse von Lena Wehrle geben, der Frau, die Eberhard Sebald gefunden hatte. »Kümmerst du dich um die Nachbarschaft?«, sagte er. »Hoffmann hat mir gerade gesagt, Unterstützung ist schon auf dem Weg.«

Reiche hoffte, dass die Lebensgefährtin des Opfers inzwischen soweit ansprechbar war, dass sie ausführlicher Auskunft geben konnte. Es war in diesen ersten Stunden nach der Entdeckung des Toten notwendig, sofort allen Spuren nachzugehen und die Zeugen zu befragen, solange deren Eindrücke noch frisch waren. Mit jedem Tag, der verging, wurde die Erinnerung ungenauer, konnten wichtige Spuren verblassen oder aufschlussreiche Zusammenhänge übersehen werden.

Als Reiche auf Lena Wehrles Haus zuging, wehte immer noch ein starker Wind, der ab und zu Regenschauer vor sich hertrieb und den Ginster vor dem Reihenhaus durchschüttelte.

Reiche fröstelte und schlug den Jackenkragen hoch. Er klingelte und im oberen Stockwerk bewegte sich hinter einem der Fenster der Vorhang. Die Nachbarn lagen schon auf der Lauer.

Reiche klingelte noch einmal und kurz darauf wurde die Tür geöffnet. Zwei Frauen standen vor ihm, beide um die Fünfzig. Die größere, schlanke, hatte rotgefärbte Haare und trat unwillkürlich einen halben Schritt zurück. Ihre Freundin, offenbar die Hausherrin, war etwas füllig, mit einem gehäkelten Tuch um die Schultern und Birkenstocksandalen über dicken Wollstrümpfen.

»Frau Wehrle?« Reiche zeigte seinen Ausweis.

Die Mollige, ein zerknülltes Taschentuch in der Hand, nickte. Die andere Frau sagte, nachdem sie einen neugierigen Blick auf Reiche geworfen hatte: »Ich geh wieder. Wenn du mich brauchst …«

Lena Wehrle führte den Kommissar ins Wohnzimmer. Sie machte einen gefassten Eindruck, aber man sah ihr an, dass sie geweint hatte.

Reiche nahm in einem Korbsessel Platz, der jedes Mal, wenn er sich bewegte, ein leises Knistern von sich gab. »Möchten Sie was trinken?«, fragte Lena Wehrle. Ihre Stimme war leise.

»Ein Glas Wasser, wenn Sie hätten.« Tatsächlich hatte Reiche Durst – außerdem nagte der Hunger an ihm, denn sein Frühstück war wegen der Hetze am Morgen ausgefallen. Während die Hausherrin in der Küche das Wasser holte, bewunderte Reiche den prächtigen Ficus benjamina, der die ganze rechte Seite neben dem Fenster einnahm. Ganz in die Betrachtung der Pflanze versunken, schrak Reiche zusammen, als etwas Weiches sein Bein berührte. Eine große getigerte Katze strich lautlos um seinen Sessel.

Während Lena Wehrle eine Flasche Mineralwasser und ein Glas vor ihn hinstellte, sagte Reiche: »Tut mir leid, Frau Wehrle…« Er war verlegen. Es fiel ihm immer noch schwer, Menschen zu befragen, die gerade einen Angehörigen oder nahen Freund verloren hatten und trauerten. Die meisten rangen um Fassung, waren tief verstört und oft genug musste das Gespräch abgebrochen werden, weil die Befragten ihrer Gefühle nicht Herr wurden. Es gab aber auch die scheinbar oder wirklich Gefassten, die Erstarrten, denen es unter allen Umständen wichtig war, Haltung zu bewahren.

Lena Wehrle setzte sich in den anderen Korbsessel, die Füße dicht nebeneinander auf dem weißen Flokatiteppich. Die Katze streckte sich neben dem Stuhl aus, als wolle sie ihre Herrin bewachen.

»Wer macht so was …« Sie sprach wie zu sich selbst, als habe sie die ganze Zeit überlegt.

»Frau Wehrle, ich …« Reiche räusperte sich.

Sie starrte auf die Wand gegenüber. »Fragen Sie …«

»Hat Herr Sebald Verwandte, die benachrichtigt werden müssen?«

»Wie?«

Reiche wiederholte die Frage.

»Nein … Ja …« Sie schüttelte, als sei sie verärgert über sich selbst, den Kopf. »Der Werner. Sein Stiefsohn. Er wohnt mit im Haus. Im zweiten Stock.«

»Er scheint nicht da zu sein.«

Sie zuckte mit den Schultern. »Eberhard hat sonst keine Verwandten. Seine Frau … die Desch, seine Exfrau …«

»Er ist geschieden?«

»Nein. Noch nicht. Aber er und Frau Desch waren gerade dabei, sich um die Formalitäten zu kümmern.«

Reiche wartete einen Moment, bevor er seine nächste Frage stellte. »Und wie lange kennen …Wie lange waren Sie mit Herrn Sebald …«, Reiche zögerte, »… zusammen?«

Unvermittelt kamen ihr die Tränen, sie schluckte und presste das Taschentuch vors Gesicht. Reiche schaute auf den Boden und wartete.

»Entschuldigen Sie … Was war Ihre Frage?«

»Wann haben Sie Herrn Sebald kennen gelernt?«

Sie überlegte. »Vor drei … nein, vor vier Jahren.«

»Wann haben Sie das letzte Mal mit ihm gesprochen?«

»Gestern Nachmittag.«

»Ist Ihnen etwas aufgefallen?«

»Nein. Er hat nur gesagt, dass mit der Heizung etwas nicht in Ordnung ist. Da gab's seit längerem Probleme.«

Reiche überlegte. Aber er musste sie fragen – reine Routine.

»Waren Sie gestern den ganzen Abend zu Hause?«

»Natürlich. Es hat ja diese Sturmwarnung im Radio gegeben.«

»Sie waren allein?«

Sie sah ihn verständnislos an. »Ja sicher.«

Reiche trank einen großen Schluck Wasser, um sein Hungergefühl zu betäuben. »War Herr Sebald in letzter Zeit irgendwie anders?«

Lena Wehrle ließ sich mit der Antwort Zeit. »Nein«, sagte sie schließlich. »Er war wie immer.«

»Sie hatten nicht den Eindruck, dass er sich bedroht fühlte?«

Sie schüttelte den Kopf. »Persönlich bedroht nicht. Aber seit dem Einbruch damals …«

Reiche richtete sich auf, sodass der Stuhl laut knarrte und die Katze den Kopf hob. »Es ist bei ihm eingebrochen worden? Wann?«

»Das ist Jahre her. Das war kurz bevor wir uns kennen lernten.«

»Ist im Laden eingebrochen worden – oder in der Wohnung?«

»Ich glaub, nur im Laden. Aber es war ein ziemlicher Verlust.«

»Wissen Sie, ob man den oder die Täter gefasst hat?«

»Soviel ich weiß, hat man den Täter nicht gefasst.«

Reiche griff in seine Jacke, in der Hoffnung, ein Stück Papier zu finden. Im Gegensatz zu von Barden, der stets sein Notizbuch bei sich hatte und alles penibel aufschrieb, vertraute Reiche auf sein Gedächtnis. Das hatte ihn bis jetzt noch nie im Stich gelassen. Aber es gab immer wieder Situationen, in denen er es wichtig fand, Stichworte zu notieren. Er fand einen alten, zerknitterten Briefumschlag in seiner Innentasche und einen Kuli.

»Wissen Sie, ob Herr Sebald eine Waffe besaß?«

»Eine Pistole, meinen Sie?« Sie dachte nach. »Ich glaube nicht. Jedenfalls weiß ich nichts davon.«

Während er etwas notierte, fragte er: »Als der Einbruch geschah wohnte demnach noch Frau Sebald im Haus?«

»Ja.« Dann fügte die Wehrle hinzu: »Seine zweite Frau hat ihren Namen behalten.«

»Wie heißt sie?«

»Desch. Agnes Desch.«

»Kennen Sie sie?«

Sie schien überrascht. »Natürlich. Die Trennung der beiden – wie soll ich sagen …?«

Die Katze stand auf und strich an Reiches Sessel entlang. Dann ging sie zu Lena Wehrle, die sie auf den Schoß hob. »Agnes, also Eberhards Frau, er und sie haben sich – wie sagt man – in beiderseitigem Einverständnis getrennt.«

Als sie Reiches Blick sah, meinte sie mit einem flüchtigen Lächeln. »Ich war jedenfalls nicht der Grund.«

»Dann lebt Frau Desch inzwischen auch mit einem neuen Partner zusammen?«

»Schon lang.«

Er schob ihr Kuvert und Stift hin.

»Können Sie mir ihre Adresse aufschreiben?«

Sie beugte sich tief über das Papier, während sie schrieb. Er steckte den Umschlag ein und erhob sich. Der Sessel knarrte und die Katze sprang von Frau Wehrles Schoß. »Gut, das wär's erstmal, Frau Wehrle. Wir werden sicher noch einmal Ihre Hilfe brauchen.«

Als der Kommissar an dem Sideboard mit den gerahmten Fotografien vorbeiging, deutete er auf eines der Bilder. Es zeigte eine Theaterbühne und verschiedene Personen in bäuerlichen Kostümen, darunter auch Lena Wehrle. »Sie haben mal Theater gespielt?«

Sie stand an der Tür und zog ihr Schultertuch fester um sich. »Ja, ich war mal bei einer Laienbühne.« Es klang, als wolle sie nicht weiter darüber sprechen.

3

Auf dem Weg zurück zu seinem Wagen klingelte Reiches Handy. *Ingrid ruft an* stand auf dem Display. Der Kommissar zögerte. Seine Schwester hatte die fatale Eigenschaft, ihn immer dann anzurufen, wenn er gerade alle Zeit und Aufmerksamkeit für seine Arbeit brauchte. Es konnte aber auch etwas mit seinem Vater sein, der tagsüber im *Haus Abendschön* betreut wurde. Josef Reiche wurde frühmorgens vom Hof abgeholt und abends wieder zurückgebracht. Im Laufe der Zeit hatte er eine Art Hassliebe zum *Haus Abendschön* entwickelt. Er fühlte sich wohl dort und stahl sich doch immer wieder davon.

Er fuhr dann in die Stadt und nicht immer schaffte er auch den Rückweg. Aber da er eine Karte mit der Adresse der Tagespflege dabei hatte, wurde er immer wieder zurückgebracht: zweimal schon von einem Taxi und einmal auch von einem Streifenwagen.

Reiche meldete sich.

»Du musst nach dem Hof sehen«, sagte Ingrid. »Der Stober hat angerufen. Durch den Sturm haben sich irgendwelche Bretter am Schuppen gelöst, die durch die Gegend segeln können.«

Reiche hatte sofort logische Einwände gegen diese Diagnose, denn Bretter, die sich gelöst haben und auf dem Boden liegen, können nicht mehr »durch die Gegend segeln«. Aber er verkniff sich den Einwand. Es war bezeichnend, dass die Nachbarn in Auerswies Ingrid anriefen, wenn sie etwas zu melden hatten, und nicht ihn. Für sie war und blieb Ingrid *die Große*, quasi die Hoferbin und er, Paul, war und blieb für immer der um zehn Jahre jüngere kleine Bruder.

»Ich hab keine Zeit«, sagte Reiche. »Ich bin mitten in einem Fall.«

»Das sagst du immer, wenn ich etwas von dir will.«

Reiche verdrehte die Augen. »Darf ich dich daran erinnern, dass ich einen nicht unwichtigen Job habe?«

Ingrid am anderen Ende der Leitung schnaubte. »Die machen uns haftbar, wenn was passiert!«

»Sollen sie.« Mit einer gewissen Genugtuung registrierte Reiche, dass er schlechte Laune bekam. Das half ihm, sich gegen die große Schwester zu wehren.

Ingrid durchschaute ihn. »Was ist los? Ich hab doch nur was gefragt …«

»Nein, du hast schon wieder Befehle erteilt.«

Ingrid legte auf. Das war eine ihrer Stärken. Wenn sie merkte, dass sie bei ihrem Bruder nicht durchkam, gab sie auf, nicht ohne ihn spüren zu lassen, wie verärgert sie war.

Jetzt, da er seiner Schwester so entschieden Widerstand geleistet hatte, fühlte sich Reiche frei – und entschloss sich, den kleinen Abstecher zu machen und die zwanzig Kilometer nach Auerswies zu fahren, um nach dem Hof zu sehen.

Reiche ging um den Schuppen herum, bog in die kleine Gasse ein, die seitlich am Schuppen vorbeiführte. Der Weg war fast zugewachsen. Früher gelangte man von hier aus auf die Gemeindewiese, aber die gab es schon lange nicht mehr.

Unter dem Dach hatten sich zwei Bretter gelockert und waren auf den Weg gefallen. Eine Latte hing nur noch an einem Nagel. Selbst wenn sie sich lösen würde, fiele sie nicht auf den Weg, sondern dicht an der Mauer entlang auf die Rückseite des Schuppens. Die »Warnung« der Nachbarn war also das, als was sie Paul Reiche von Anfang an eingeschätzt hatte: Wichtigtuerei.

Er hob die Bretter auf und suchte im Schuppen (der seltsamerweise offen war) nach einer Stange. Nachdem er sie gefunden hatte, hebelte er die herabhängende Latte von der Wand. Sie fiel in die Brennnesseln. Er stocherte sie heraus und warf sie im Schuppen zu den anderen Holzstücken, die sich hier seit zwei Jahrzehnten ansammelten.

Der Zustand des Hofes, besonders des Wohnhauses, war erbärmlich. Auch der Stall und die Scheune zerbröselten allmählich. Vögel nisteten im gusseisernen Becken unter dem Wasserhahn an der Hauswand. Gras sprießte zwischen den Ritzen der Pflastersteine, dort, wo vor Jahren nicht asphaltiert worden war.

Reiche machte der Anblick zu schaffen. Er bemühte sich, die Zeichen des Verfalls zu vergessen. Er hatte jetzt Wichtigeres zu tun, als sich mit den Bildern der Vergangenheit zu befassen.

Er hatte Hunger und überlegte, ob vielleicht in der Küche etwas Essbares zu finden war. Er machte sich nicht viel Hoffnung, vor allem wusste er nicht, ob er überhaupt noch etwas in der Küche, so wie sie aussah, würde essen können.

Die Luft in den Zimmern war abgestanden. Von den zerwühlten Laken der Schlafcouch, die in die Mitte des

Wohnzimmers gerückt worden war, ging ein säuerlicher Geruch aus. Sein Vater schlief schon lange nicht mehr im alten Schlafzimmer. Dort waren die vergilbten Vorhänge den ganzen Tag zugezogen und zwischen den Zinntellern auf dem Bord über der alten Truhe hingen dünne Staubfäden.

Im Kühlschrank fand Reiche überraschenderweise eine Banane, die noch nicht völlig braun geworden war. Während er sie aß, brummte sein Handy. Von Barden meldete sich: Die Rechtsmedizin hatte Bescheid gegeben. Der Leichnam konnte noch heute obduziert werden. Er werde, sagte von Barden, in der nächsten halben Stunde mit Wiedfeld nach Freiburg fahren.

»Vielleicht schafft ihr es ja bis heute Abend zur Besprechung. Wenn nicht, gebt das Wichtigste übers Telefon durch.«

»Ja«, sagte von Barden.

Reiche wollte noch etwas Aufmunterndes sagen, aber es fiel ihm nichts ein.

»Dann mach's gut, Martin.«

Als er das Dorf verließ, setzte wieder starker Regen ein. Im Nu hatte der Himmel eine schwere, undurchdringliche Grautönung angenommen und Reiche musste die Scheibenwischer auf die höchste Stufe stellen, um durch die Wasserwand, die sich vor ihm auftat, noch etwas sehen zu können.

Reiche beschloss, Sebalds Ehefrau aufzusuchen. Formal musste ihr der Tod ihres Mannes mitgeteilt werden. Auch wenn sie seit Jahren getrennt lebten, waren sie ja immer noch verheiratet.

Reiche fuhr an den Straßenrand, um den sturzflutartigen Guss, der jede Sicht nahm, abzuwarten. Als der Regen sich legte, kam erneut Wind auf, der eine Wolke aus Papier und Blättern vor sich her trieb.

Das Haus, in dem Agnes Desch wohnte, befand sich im so genannten Alleenviertel der Stadt. Es war ein altes, in neuerer Zeit saniertes Bürgerhaus, an dessen Fassade schmale, mit schmiedeeisernen Gittern versehene Balkone klebten. Der Sturm hatte in dieser Straße schwer gewütet und eine Menge großer und kleiner Äste von den Platanen gerissen. Gerade als Reiche die Klingel neben dem Namensschild *Sommer/Desch* drücken wollte, ging die Tür auf und ein Mann kam heraus und rannte, als Schutz gegen den Regen eine Aktenmappe über den Kopf haltend, zu seinem Wagen auf der gegenüberliegenden Straßenseite.

Reiche stieg auf dunkelglänzenden Dielen das holzvertäfelte Treppenhaus hoch, vorbei an Flurfenstern mit eingeschliffenen Jugendstilornamenten: Hier atmete alles gediegene, vergangene Bürgerlichkeit.

Er drückte den Klingelknopf und wartete. Es rührte sich nichts. Nach einer Weile rasselte hinter der Wohnungstür gegenüber die Sperrkette und die Tür wurde einen Spaltbreit geöffnet. Es erschien der Kopf einer Frau, die ihre Brille aufsetzte und den Kommissar misstrauisch ansah.

»Ja bitte?«

»Ich wollte eigentlich zu Frau Desch.«

Er warf einen Blick auf das Namensschild neben der Frau.

Klein. Das passte zu der zierlichen Person mit den riesigen karierten Hausschuhen. Frau Klein machte einen Schritt aus ihrer Wohnungstür.

»Die sind verreist.« Und dann, nachdem sie ihr Gegenüber über den Rand ihrer runden Brille noch einmal in Augenschein genommen hatte: »Was möchten Sie denn von Frau Desch?«

Reiche wollte nicht lügen, aber er wollte sich auch nicht zu erkennen geben. »Es geht um eine persönliche Angelegenheit.«

Offenbar hatte Frau Klein Vertrauen gefasst, denn sie trat nun ganz in den Hausflur und sagte: »Frau Desch und Herr Sommer kommen morgen zurück. Eigentlich wollten sie heute schon da sein.« Und weil Reiche wohl etwas überrascht aussah angesichts dieser präzisen Auskunft, fügte sie hinzu: »Die fahren um diese Jahreszeit immer nach Mallorca. Ich gieß ihnen dann die Blumen, wenn sie weg sind. Die kann man nicht zwei Wochen ohne Pflege lassen.«

»Ja, natürlich«, bemerkte Reiche, der fasziniert auf Frau Kleins voluminöse Hausschuhe starrte und sich fragte, ob sie nicht vielleicht aus Versehen die Schlappen ihres Mannes angezogen hatte.

Sie mache das gern, das Blumengießen, fuhr Frau Klein fort, denn Frau Desch sei eine patente Frau und der Mann, den kenne sie schon lang, den Herrn Sommer, der gebe nämlich ihrem Enkel Nachhilfeunterricht, er sei ja Studienrat gewesen und …

Reiche, der spürte, dass die Frau zu längeren Ausführungen ansetzen wollte, unterbrach sie.

»Und morgen kommt Frau Desch zurück?«

»Die kommen meistens mit dem letzten Flieger, Herr Sommer meint, dann hat man noch was vom Tag, und das Packen ist schnell gemacht, sagt er, wenn man so oft wie die beiden verreist …«

»Ich komme morgen wieder«, klemmte sich Reiche zwischen ihren Wortschwall.

»Ja, ach so … Sie …« Plötzlich wurde Frau Klein bewusst, dass sie einem Fremden vielleicht zu viel verraten hatte. Wie ein verschrecktes kleines Tier zog sie sich schnell mit ihren großen Hausschuhen hinter ihre Glastüre zurück.

Der Kommissar war eben durch den Regen zu seinem Wagen gespurtet und eingestiegen, als erneut sein Handy klingelte.

»Paul …« Es war Silberchen Fleig, die Sekretärin.

»Ja?«

»Da hat ein Herr Zuwand angerufen, er wollte dich dringend sprechen …«

»Der Zuwand?«, wunderte sich Reiche. Zuwand war sein Hauswirt.

»Aus deiner Wohnung fließt Wasser, hat er gesagt.«

»Wie Wasser?«, fragte Reiche. Er ahnte Schreckliches.

»Vielleicht ein Rohrbruch oder so was. Er sagt, er käme mit seinem Generalschlüssel nicht rein, du hättest mal das Schloss ausgewechselt und nun …«

»Bin schon unterwegs!«, unterbrach sie der Kommissar und warf den Gang rein.

Er sah das Bild vor sich: In einem Anfall von Waschwut hatte er heute Morgen noch alle schmutzigen Socken, die er finden konnte, zusammen mit einer gehörigen Portion Waschpulver im Becken eingeweicht – und offenbar den Wasserhahn nicht fest genug zugedreht –, die Dichtung war seit einiger Zeit nicht mehr in Ordnung und er hatte es bis jetzt nicht geschafft, den Hahn zu reparieren. Wahrscheinlich war das Waschbecken übergelaufen, weil die aufgequollenen Socken den Sicherheitsabfluss blockierten.

Reiche hetzte an dem empörten Herrn Zuwand und dessen Hund vorbei, die trotz Regen und Wind vor dem Haus standen und gewissermaßen knurrend auf ihn gewartet hatten. Auf dem Treppenabsatz sah er als erstes das Hinterteil von Frau Zuwand. Über die Stiegen gebeugt, neben sich einen großen Eimer, wischte sie das aus Reiches Wohnung hervorsickernde Wasser auf.

Es war wie befürchtet: Aus dem überlaufenden Waschbecken im Bad, in dem die eingeweichten Socken zu einem einzigen grauen Klumpen aufgequollen waren, floss ein kleiner, aber stetiger Strom leise plätschernd auf den Boden.

Da Reiche im ersten Moment den Wischlappen nicht finden konnte, musste er, da Eile geboten war, eines seiner karierten Hemden aus dem Wäschekorb zum Aufwischen nehmen. Wie ein schwerfälliger, gereizter Bär tappte der große, wuchtige Mann in der riesigen Pfütze herum und fluchte, ungeachtet der Anwesenheit von Herrn Zuwand, der vor seiner Flurtür stand und dauernd wiederholte, dass es so nicht weitergehe, dass er Zugang zur Wohnung haben müsse, dass schließlich auch ein Feuer hätte ausbrechen können …

Als das Telefon klingelte, hatte Reiche den gröbsten Teil der Überschwemmung, das klitschnasse Hemd immer wieder auswringend, in den Eimer geschöpft. Barfuß stelzte er ins Wohnzimmer, kleine Pfützen hinterlassend. Unwillig nahm er den Hörer ab.

»Paul …!« Es war Doris, seine Exfrau.

Dass sie nicht gleich weiterredete, beunruhigte den Kommissar. »Ist was passiert?«

»N-nein.« Das kam zögernd. »Du musst mir helfen.«

»Was ist los?« Unter seinen nassen Füßen bildete sich eine Lache auf dem Teppich. Reiche griff sich einen Pullover vom Sessel und begann seine Füße abzutrocknen.

»Der Hund will raus. Ich glaub, er muss mal.«

Reiche ließ sich in den alten Ohrensessel, genannt »der Petrus«, fallen, das einzige Möbelstück, das er aus Auerswies mitgenommen hatte. Er wischte das nasse Telefon am Hemd ab. »Was für ein Hund?«

Eine Weile herrschte Schweigen.

»Was für ein Hund?«, fragte der Kommissar noch einmal.

»Der Senner Bernehund – Quatsch! – der Berner Sennenhund …«

»Was?!« Reiche runzelte die Stirn. »Bei dir ist ein Hund?«

»Für drei Tage. Einen Tag haben wir schon rum. Die Kati musste kurzfristig weg und da hat sie mich bekniet …« Ihre Stimme hörte sich kläglich an.

»Aber du hast doch Angst vor Hunden!«, rief der Kommissar, als müsse er sie an ein gegebenes Versprechen erinnern.

»Eigentlich schon – aber vor Hugo nicht.«

»Hugo heißt der Hund?«

»Ja.«

Jetzt schwieg Reiche.

»Bist du noch da?«

Reiche war verwirrt. »Aber – aber so ein Sennenhund, das ist doch so ne Art Bernhardiner, das ist doch ein Riesenvieh!«

»Ja – groß ist er schon«, kam es kleinlaut zurück.

»Wie kommst du dazu, so einen Brocken auch nur für einen Tag …« Er unterbrach sich selbst. »Also ich kapier überhaupt nichts mehr!«

»Ich erklär es dir später.« Ihre Stimme entfernte sich. »Hugo – nein!« Dann sagte sie: »Er will raus.«

»Es gibt immer noch heftige Böen!«, rief Reiche, als müsse er seiner Exfrau eine Neuigkeit mitteilen.

Sie lachte gezwungen. »Vielleicht mag er das ja …«

»Du gehst lieber noch nicht raus. Vor allem nicht mit Hund.«

»Er sitzt vor der Tür und hat den Gassi-Schlappen im Maul.«

»Den was?«

»Den Gassi-Schlappen, einen alten Hausschuh. Das ist das Zeichen, dass er mal muss. Ganz schön schlau, gell?«

»Und deswegen rufst du mich an?« Reiche spürte, wie Verärgerung in ihm hochstieg. »Natürlich, jeder Hund muss mal raus.«

»Du sagst doch selbst, dass es jetzt nicht geht. Was soll ich denn machen?« Und sie fügte hinzu: »Du bist doch auf einem Bauernhof aufgewachsen!«

Reiche knurrte. Es war kennzeichnend für die Logik seiner geschiedenen Frau, dass sie annahm, er könne ihr irgendeinen Trick verraten, wie man einen Berner Sennenhund davon überzeugte, gerade jetzt nicht Gassi zu gehen.

Oder war am Ende diese ganze Komödie nur ein Vorwand, um sich wieder einmal mit ihm zu treffen?

Doris und Reiche hatten sich vor zwei Jahren scheiden lassen, nachdem sie nur kurz verheiratet gewesen waren. Doris hatte sich in einen anderen Mann verliebt und war zu ihm gezogen. Reiche, bitter enttäuscht und tief verletzt, war damals mit einer schnellen Scheidung einverstanden gewesen. Nach einem Jahr hatte sich Doris von dem Mann wieder getrennt und war ins elterliche Haus – und ins Optikergeschäft ihres Vaters – zurückgekehrt. Und nahm nach einiger Zeit wieder Kontakt zu Reiche auf. Der Kommissar war überrascht, aber auch froh, denn ihm war klar, dass er Doris noch immer liebte. Aber er war vorsichtig. Er hatte nicht vergessen, wie sehr sie ihn verletzt hatte.

Seit seine Exfrau im letzten Jahr in die Nähe seiner Wohnung gezogen war, betrieb sie systematisch ihre Wiederannäherung. Im Grunde war Reiche damit einverstanden. Er freute sich, dass Doris so offen zeigte, wie viel ihr an ihm lag. Aber er hatte Angst, sich neu zu binden. Vor allem wollte er nichts »aufarbeiten«, wie Doris einmal gefordert hatte. Alles was an Ereignissen und Erfahrungen zurücklag, all diese Irrtümer, Auseinandersetzungen, Illusionen und Verletzungen, sollten verpackt bleiben. Er verspürte keinerlei Bedürfnis, dieses Paket wieder aufzuschnüren.

»Was soll ich denn tun?« Ihre Stimme rief ihn wieder zurück. »Womöglich macht er mir in die Wohnung!«

Reiche stand auf. »Doris, ich kann dir jetzt auch nicht helfen. Bei mir steht das Wasser in der Wohnung.«

»Wie – du hast Wasser in der Wohnung?«

Reiche betrachtete die Lache im Flur. »Das Waschbecken ist übergelaufen, als ich weg war.«

»Ach du lieber Himmel!«

»Eben. Jetzt wartest du einfach noch ein bisschen mit dem Rausgehen. Das Unwetter ist sicher bald vorbei.«

Sie seufzte. »Hoffentlich hält es Hugo noch so lange aus.«

»Erklär's ihm halt. Wenn er so ein kluger Hund ist, wird er's auch verstehen.«

Sie spürte die Ungeduld in seiner Stimme. »Schon gut, du Hundeflüsterer«, sagte sie und legte auf.

4

Die große Lage am Abend wurde um eine Stunde auf halb neun verschoben, damit Wiedfeld und von Barden, die auf dem Rückweg von Freiburg waren, dabei sein konnten. Silberchen Fleig hatte im Berliner Zimmer die zwei großen Tische zusammengeschoben und die Flügeltüren geschlossen, da sich das alte hohe Zimmer schlecht warm halten ließ. Sie hatte Wasserflaschen und Gläser auf den Tisch gestellt und in die Mitte einen Stoß Notizpapier gelegt.

Anwesend waren die Kommissare Schmidt, Hettich, Schubert, Reiche und Maiwald, sowie Tann und der junge Steding von der Kriminaltechnik. Kriminalrat Hoffmann saß an der Stirnseite des Tisches. Inzwischen hatte er nicht nur das Rauchen aufgegeben, seit neuestem lag auch kein Pfefferminzdöschen mehr als Ersatz vor ihm auf dem Tisch. Staatsanwalt Geiger stand. Geiger stand immer. Er trug diesmal zum grauen Anzug statt seiner üblichen einfarbigen Fliege eine dunkelblau-dunkelgrün gestreifte, eine für seine Verhältnisse schreiende Farbkombination.

»Wir fangen schon mal an. Wiedfeld und von Barden müssen gleich hier sein«, bestimmte Hoffmann.

»Also«, sagte Schubert und klappte einen grünen Schnellhefter auf. Im Kommissariat hieß er »der-Mann-der-alles-weiß«. Vor Jahren war er bei der Festnahme eines Zuhälters angeschossen worden, seitdem arbeitete er nur noch im Innendienst. Hier hatte er sich im Laufe der letzten Jahre zu einer wahren Koryphäe entwickelt, was Aktenstudium,

Angabenüberprüfung, Spurensuche, Informationen einsammeln und Internetrecherche anging. Er hatte eine Vorliebe für Westen, die er ganz salopp ohne Krawatten trug, jeden Tag eine andere. Heute war es eine silbergraue.

Schuberts grüne Aktendeckel, in denen er minutiös alle Erkenntnisse der Spurensicherung, Protokoll- und Telefonnotizen und seine eigenen Informationserkenntnisse zusammentrug, waren berühmt. »Laut Einwohnermeldeamt ist Sebald 1952 in Hannover geboren und 1988 hierher in den Schwarzwald gezogen. Ob er wirklich gelernter Uhrmacher ist, war nicht rauszukriegen.«

»Muss man als Uhrmacher nicht in einer Innung sein – oder so was?«, fragte Monika Maiwald. »Oder in der Handwerkskammer?«

»Nein. Sebald war in der Industrie- und Handelskammer, wie jeder, der ein Geschäft hat. In der Handwerkskammer musst du nur sein, wenn du ein Handwerk betreibst, als Uhrmachermeister zum Beispiel Uhren reparierst.«

»Ich könnte also auch ein Geschäft aufmachen und Uhren verkaufen?«, fragte Hettich, wie immer Kaugummi kauend.

»Ja.« Schubert grinste. »Ist vielleicht eine überlegenswerte Alternative zum Polizeidienst.«

Hoffmann klopfte mit dem Kuli auf den Tisch. »Weiter.«

»Ob Sebald all die Jahre in Hannover verbracht hat, war nicht festzustellen. Er hat sich nie mehr umgemeldet, beziehungsweise abgemeldet. Das passiert erst 1983, als er sich nämlich in Heidelberg anmeldet. Und da muss er es machen, weil er heiratet.«

»Das heißt«, warf Reiche ein, »zwischen 1952 und 1983 gibt es keine Spur von ihm. Immerhin 31 Jahre.«

»So ist es.« Schubert nickte. »Und jetzt kommt ein interessantes Detail: Eberhard Sebald hieß nicht immer Sebald.«

»Wieso?«, fragte Schmidt.

»Eberhard Sebald war mal Eberhard Mayer. Mit a und y. Er hat bei seiner ersten Heirat den Namen seiner Frau angenommen.«

»Naja«, meinte der lange Tann, »im Vergleich zu Mayer hört sich Sebald schon besser an.«

Schubert las weiter. »1999, nach dem Tod seiner ersten Frau, heiratet er wieder. Und seitdem ist er in keiner Weise aufgefallen – er hat nicht mal Punkte in Flensburg. Soweit wir es im Moment übersehen, waren seine Vermögensverhältnisse gut. Er hatte keine Schulden und man kann, was das Uhrengeschäft angeht, von einer soliden Geschäftsführung sprechen. Alle seine Papiere sind vorbildlich geordnet.«

»Ein Uhrmacher eben«, warf Schmidt ein, der selbst sehr ordentlich war und alle seine Notizen mit einem Bleistift machte, den er im Laufe des Tages mehrmals anspitzte.

»Was ist mit Sebalds Haus?«, wollte Hoffmann wissen.

Schubert schlug die nächste Seite auf. »Das Haus ist hypothekenfrei. Sebald hat es vor fünfzehn Jahren gekauft.«

»Weiß man, wie viel es gekostet hat?«, fragte die Maiwald.

Schubert wedelte mit der Hand. »Nur ungefähr. Wir haben noch nicht alle Unterlagen gesichtet. Ich schätze es auf dreihundert- bis vierhunderttausend Mark.«

»Eine hübsche Summe«, ließ sich Schmidt vernehmen. »Woher hatte er soviel Geld?«

Keiner wußte eine Antwort. Schubert hob den Finger. »Und jetzt kommt es: Es gab schon mal einen Einbruch bei ihm – vor vier Jahren. Es wurden Schmuck und wertvolle Uhren gestohlen. Der oder die Täter konnten nicht ermittelt werden.«

»Ein Einbruch, kein Überfall?« fragte Hoffmann.

»Sebald war verreist, als es passierte.«

»Gibt es ein Testament?«

»Bis jetzt haben wir keins gefunden. Aber eine Lebensversicherungspolice zugunsten von Lena Wehrle, vor zwei Jahren abgeschlossen.«

Reiche hatte wie immer ein Blatt Papier vor sich, auf das er aber nur geometrische Figuren malte. »Hat schon jemand mit dem Stiefsohn gesprochen?«

Schubert schüttelte den Kopf. »Der ist im Moment nicht auffindbar.«

»Was macht die Auswertung von PC, Telefon und Handy?«, wollte Hoffmann wissen.

»Sind wir noch dabei«, beschied Schubert. »Die letzten beiden Telefonate gingen an Lena Wehrle und an den Installationsbetrieb Thiedemann.«

Monika Maiwald hob die Hand. »Da sag ich dann gleich noch was dazu.«

Schubert nickte und fuhr fort: »Was mir aufgefallen ist, es gibt kaum persönliche Papiere, also Briefe, Postkarten, alte Fahrscheine und so Sachen, die man manchmal aufhebt. Und von den Fotos, die wir gefunden haben – viele waren es sowieso nicht – sind keine älter als schätzungsweise zehn Jahre.«

»In der Regel hat jeder Mensch Bilder von seinen Eltern oder Geschwistern«, warf Tann ein, »von Verwandten, von der Schule, von Ausflügen und so, von Urlauben, Geburtstagen – bei ihm: nichts. Es gibt ein paar Fotos von Lena Wehrle – ich vermute jedenfalls, das sie das ist – und von seiner Frau Agnes.«

»Kein Bild von seiner ersten Frau?«

»Doch. Ein Bild von ihr und Werner, aufgenommen an der Konfirmation des Jungen.«

Da keine weiteren Fragen kamen, wandte sich Kriminalrat Hoffmann an Monika Maiwald. »Was ist mit diesem Thiedemann?«

Die Kommissarin kam nicht zum Antworten, denn in diesem Moment betraten Wiedfeld und von Barden den Raum. Auf dem Weg ins Kommissariat hatte die beiden, wie man sehen konnte, ein weiterer Regenguss überrascht.

Silberchen Fleig gab von Barden ein frisches Geschirrtuch, damit er sich das nasse Gesicht abwischen konnte. Nachdem die Neuankömmlinge Platz gefunden hatten, nickte Hoffmann Wiedfeld zu. »Gut, dann machen wir mit Freiburg weiter. Was hat die Obduktion ergeben?«

Wiedfeld fuhr sich mit der Hand über sein nasses Haar, bevor er aus seiner kleinen speckigen Aktentasche eine Klarsichthülle und ein Blatt herauszog.

»Ich fass' mal stichwortartig zusammen, was hier steht. Wir haben es mit der tödlichen Durchschussverletzung eines Vollmantelgeschosses zu tun. Wobei die Geschossflugbahn, also auch der Wundkanal, im Körper aufsteigend verläuft.«

»Versteh ich nicht«, sagte Kommissarin Maiwald.

»Das heißt«, fuhr Wiedfeld fort, »dass der Einschuss niedriger, also tiefer lag als der Ausschuss. Die Schussbahn verlief von unten nach oben.«

Kriminalrat Hoffmann strich sich nachdenklich über seinen Schnauzer. »Sebald ist also von einer am Boden liegenden Person erschossen worden. Und er selbst stand.«

»Ja, oder der Schütze kauerte.«

»Aber das bedeutet doch …« warf Hettich ein.

Wiedfeld hob die Hand, um fortzufahren. »Ein Rumpftreffer also, und da im Wundkanalverlauf sowohl das Herz, als auch die Körperhauptschlagader lagen …« Er sah auf. »Einfach gesagt, das Parabellum-Geschoss ist sowohl durch das Herz als auch durch die Arterie. Es hat beide durchschlagen und den Körper durch die Rückenpartie wieder verlassen. Der Mann ist innerlich verblutet.«

»Es war nur ganz wenig Blut auf dem Teppich«, bemerkte Tann.

»Das Blut, das ausgetreten ist, hat die Kleidung aufgenommen«, nahm Wiedfeld den Faden wieder auf. »Da es sich um einen Weichteildurchschuss gehandelt hat, war die Geschossverlangsamung nicht all zu groß. Das Projektil hatte demnach noch ausreichende Energie, um nach dem Austreten in die Wand einzuschlagen.«

Niemand sagte etwas. Silberchen Fleig, die mit am Tisch saß, schenkte sich ein Glas Wasser ein.

Wiedfeld schaute wieder auf das Blatt. »An seiner rechten

Hand haben sie ein leichtes Hämatom festgestellt, vermutlich von einem Schlag mit einem stumpfen Gegenstand.«

»Und der Todeszeitpunkt?«, fragte Reiche.

»Den haben wir ja schon rekonstruiert«, sagte Wiedfeld. »Nicht vor neun Uhr abends und nicht nach elf.«

»Sonst noch was, was für uns im Moment wichtig sein könnte?« fragte Hoffmann und sah hinüber zu Staatsanwalt Geiger, aber der winkte ab, er hatte keine Fragen.

Von Barden räusperte sich. Reiche warf einen kurzen Blick auf seinen Kollegen, der müde und angestrengt wirkte. »Die toxikologische Untersuchung hat nichts ergeben. Also kein Alkohol, kein Rauschmittel, keine Medikamente.«

»Gut, soweit das. Dann zum Tatortbericht«, sagte Hoffmann.

Wiedfeld winkte Steding. Der junge Kommissar, der schon der Generation angehörte, die einen Ring im Ohr trug, bediente das TV-Gerät.

Auf dem großen Flachbildschirm führte die Kamera, als sei sie das Auge eines Besuchers, durch die Räume.

Der Uhrenladen war konventionell, aber mit einem gewissen Stil eingerichtet – mit Vitrinen, Verkaufstheken und gläsernen Regalen. Es war ein großer Raum mit Fenstern, die bis zum Boden reichten. Zusätzliches Licht kam von an der Decke entlang laufenden Neonleuchten. Man musste kein Fachmann sein, um zu sehen, dass es sich bei den meisten Uhren, die an der Wand hingen, um wertvolle Stücke handelte. Es waren alte Lackschilduhren und so genannte Bahnhäusleuhren sowie verschiedene Regulatoren. Außerdem gab es Standuhren, unter Glasstürzen geschützte

Pendulen und in einer der Vitrinen alte Taschenuhren und verschiedene Schmuckstücke.

Zum Büro, das etwas erhöht lag, führten drei Stufen hinauf. Es war ein sparsam eingerichteter Raum mit einer modernen Sitzecke. Offenbar empfing Sebald hier auch Kunden. Links neben dem Eingang stand eine kleine Werkbank mit Lupenlampe und winzigen Instrumenten. Die Tür der hohen Glasvitrine daneben war verschlossen und unversehrt. In der Mitte des Raumes, auf einem dunklen Perserteppich, stand der Schreibtisch mit Telefon und PC. Dem Schreibtisch gegenüber, neben der Treppe zum Laden, war ein kleiner Würfeltresor in die Wand eingelassen.

Als der Safe ins Bild kam, bemerkte Tann: »Ein ziemlich altes und simples Modell, das kannst du mit 'ner Haarnadel aufmachen.«

»Es wurde nicht eingebrochen«, ließ sich jetzt Wiedfeld vernehmen, während die Kamera die einzelnen Türen und Fenster erfasste. »Sebald hat den Täter – oder die Täterin – wahrscheinlich selbst reingelassen.«

»Stopp mal bei dem Safe«, sagte Reiche. Zu sehen war in Großaufnahme der geöffnete Tresor. »Der wurde völlig leergeräumt?«

Wiedfeld nickte. »Das nehmen wir an. Es liegen nur Geschäftspapiere drin, Kaufverträge, seine PIN-Unterlagen und so'n Kram.«

Wie auf Kommando zoomte die Kamera auf den Tresor und man sah ein loses Bündel Papiere.

Von Barden zog die linke Augenbraue hoch. Das war seine Art, Erstaunen, Bewunderung oder Befremden auszudrücken. »Aus den Vitrinen hat der Täter weder Uhren noch Schmuck genommen.«

»Vielleicht hatte er es eilig. Oder er hat gefunden, was er suchte«, meinte Hettich.

»Also hat Sebald den Safe freiwillig geöffnet?«

»Was heißt schon freiwillig«, bemerkte Schmidt.

Die Kamera führte zum Schreibtisch, von dem eine der seitlichen Schubladen aufgezogen war. Im Übrigen sah der Arbeitsplatz aus, als habe der Besitzer gerade daran gearbeitet, der Laptop war noch aufgeklappt.

»Gibt es Kampfspuren?«

»Nichts, was ins Auge fällt. Vielleicht gab es ein kurzes Handgemenge.« Wiedfeld wies auf die offene Schreibtischschublade. Unter einem Tuch, das verrutscht war, sah man eine Patronenschachtel. »Ich vermute, er hat die Schublade aufgezogen und die Waffe hervorgeholt. Möglicherweise ist Sebald mit seiner eigenen Pistole getötet worden. Jedenfalls gehören die Patronen hier zu einer Walther, 9 Millimeter, und mit so einer Waffe ist er auch erschossen worden.«

Die Kamera zeigte jetzt die Wand rechts vom Schreibtisch, wo ein volles Bücherregal bis an die Decke reichte. Da, wo Sebalds Körper gelegen hatte, gab es einen Blutfleck, nicht größer als ein Lindenblatt.

Im selben Moment, in dem das Regal ins Blickfeld kam, hörte man eine Uhr schlagen. Es war ein heller, melodischer Klang. Die Kamera schwenkte auf die Uhr gleich neben dem Eingang: eine Pendule mit einem schwarzlackierten, reich vergoldeten Gehäuse.

Oberkommissar Schmidt bemerkte: »Irgendwie bemerkenswert, dass sich der Täter nicht um den Computer gekümmert hat. Und um den Schmuck.«

»Vielleicht ist er gestört worden«, bemerkte die Maiwald.

Hettich unterbrach die Arbeit an seinem Kaugummi. »Von wem?«

»Wir haben keine Hinweise auf eine überstürzte Flucht«, meinte Wiedfeld. »Dafür das …« Es folgte ein Schwenk auf den Boden vor der Werkbank. Die Kamera zoomte einen Gegenstand heran: eine Kuckucksuhr. Der kleine geschnitzte Kuckuck, der aus seinem Häuschen gestürzt war, lag, seltsam verdreht an seinen Drähten hängend, am Boden.

Von Barden zog die Augenbraue hoch. »Eine alte Kuckucksuhr.«

Wiedfeld gab Steding einen Wink und der Kommissar stoppte die Kassette und schaltete das TV-Gerät aus.

»Das Geschoss ist durch Sebalds Körper durch und hat den Kuckuck von der Wand geholt. Das Projektil haben wir gefunden. Ebenso die Geschosshülse.«

»Aber nicht die Waffe?«, wollte Reiche wissen.

Wiedfeld schüttelte den Kopf.

Einen Moment herrschte Schweigen. Reiche schaute zum Fenster hinaus. Der Wind hatte nachgelassen, aber es regnete immer noch und vom Ahornbaum hatten sich viele Blätter gelöst. Der Kommissar stellte fest, dass die Kollegin Maiwald, die am Fenster stand, ihre schönen langen Haare abgeschnitten hatte. Schade, dachte er. Er hatte ihr langes Haar immer gemocht.

»Jedenfalls war Sebalds Geschäft kein Ramschladen«, bemerkte schließlich Oberkommissar Schmidt und hielt zur Bekräftigung seinen Bleistift hoch.

»Nein, das war eine Adresse für Insider, wie's aussieht«, sagte Staatsanwalt Geiger. Alle schauten zu ihm hin und gleich wieder weg. Es war selten, dass er in dieser Runde etwas sagte.

Hoffmann schrieb etwas auf seinen Zettel. »Was ist mit der Noch-Ehefrau?«

Reiche meldete sich. »Ich hab mit der Nachbarin gesprochen. Agnes Sebald – nein, sie heißt ja Desch, kommt morgen aus dem Urlaub zurück.«

Die Maiwald räusperte sich.

»Monika?«, tönte der volle Bass des Kriminalrats.

»Die Nachbarin, bei der ich zuletzt war, sagt aus, dass Sebald am Nachmittag Besuch hatte und dass es Streit gab im Büro. Das habe man bis draußen gehört.«

»Streit mit einem Mann oder einer Frau?«, wollte Reiche wissen.

»Sie glaubt, es war ein Mann. Vor dem Laden habe ein Lieferwagen der Heizungsfirma Thiedemann geparkt.«

»Na, das ist doch schon mal was«, sagte Hoffmann.

5

Reiche hatte den Wecker und das Handy gestellt, damit er nicht wieder verschlief. Außerdem wollte er nicht noch einmal ohne Frühstück aus dem Haus.

Er hatte eine unruhige Nacht hinter sich; hatte, wider besseres Wissen, am späten Abend noch einen Espresso getrunken, einfach, weil ihn die automatische Kaffeemaschine, die ihm seine Schwester zu Weihnachten geschenkt hatte, so faszinierte. Er liebte ihre Geschäftigkeit, das laute, aufdringliche Mahlen der Bohnen, das Gurgeln und Zischen und schließlich das verheißungsvolle Tröpfeln der braunen, schaumigen Flüssigkeit in die kleine Tasse.

Er hatte auch nicht vermeiden können, über den Fall Sebald nachzudenken – allerdings auf eine nächtliche, nebelhafte Weise, die bar jeder Logik und Erkenntnis war. Es war ihm nicht gelungen abzuschalten, obwohl er wusste, wie wichtig das war, um Abstand zu bekommen.

Beim morgendlichen, kurzen Treffen im Kommissariat wurden – unter Hinzuziehung weiterer Einsatzkräfte – die nächsten Schritte im Fall Sebald besprochen und die Aufgaben verteilt. Unter anderem sollten Maiwald und Hettich den Heizungsinstallateur Thiedemann befragen und Reiche und von Barden Agnes Desch aufsuchen.

Das Wetter hatte sich beruhigt. Ein blankgefegter Himmel mit einem gläsernen Blau entschädigte die Menschen für den Sturm und den Dauerregen der letzten Tage.

Als sie im Wagen saßen, überlegte Reiche, ob er von Barden auf seinen gestrigen Besuch in der Pathologie ansprechen sollte. Aber er ließ es. Er war sicher, wenn von Barden darüber sprechen wollte, würde er es von sich aus tun. Stattdessen meinte er, wie zu sich selbst: »Es kann keine von Anfang an geplante Tötung gewesen sein, was meinst du?«

»Nein. Es braucht nicht mal ein geplanter Raubüberfall gewesen zu sein. Eher ein Streit mit tödlichem Ausgang.«

»Du meinst, weil der Täter Schmuck und Uhren unberührt ließ?«

Von Barden nickte. »Wahrscheinlich hat Sebald den Täter gekannt.«

Reiche sah hinüber zu seinen Kollegen. »Wie kommst du da drauf?«

Von Barden zuckte mit den Schultern. »Ich weiß nicht … es ist so ein Gefühl.«

Darauf ging Reiche nicht ein. »Die Schublade war auf. Wie es scheint, hat Sebald zuerst zur Waffe gegriffen, er wollte sich verteidigen.«

»Es gab einen Kampf, in dessen Verlauf der andere in den Besitz der Pistole gekommen ist«, vermutete von Barden.

»Über was haben sie gestritten? Was wollte der andere von Sebald? Ging es wirklich nur um Geld?« Reiche schüttelte den Kopf. »Glaub ich nicht.«

»Doch.« Von Barden schlug zur Bekräftigung aufs Lenkrad. »Es ging auch um Geld. Aber es ging auch noch um etwas anderes. Um etwas, das Sebald im Tresor aufbewahrte.«

»Der Täter flieht mit dem Inhalt aus dem Safe. Wer hat

den Safe aufgemacht? Oder hat Sebald selbst den Tresor geöffnet?«

Sie hielten vor dem Haus mit den schmiedeeisernen Balkonen: Inzwischen war der Gehweg peinlich sauber und alle Äste und aller Unrat, den der Sturm hergetrieben hatte, waren beiseite geräumt.

Der Mann, der die Tür öffnete, hatte die Lokalzeitung in der Hand. Bruno Sommer war ein großer, hagerer Mann, dem man den Urlaub im Süden ansah.

»Ja, bitte?«

Reiche zeigte seinen Ausweis und stellte von Barden vor.

Sommer nickte. »Kommen Sie herein.«

Agnes Desch saß am Wohnzimmertisch, vor sich eine dicke Ledermappe, die von Papieren überquoll. Über die Lesebrille hinweg sah sie die Eintretenden an. Sie hatte ein offenes Gesicht mit vielen kleinen Falten um die Augen. Eine Strähne ihres mit einem Band zusammengehaltenen Haares fiel über die Schläfe und bedeckte halb ihr Auge.

»Die Polizei«, sagte Bruno Sommer.

Agnes Desch erhob sich und gab den Kommissaren die Hand.

Neben dem Tisch standen noch die Reisekoffer, Kleidungsstücke lagen über den Stühlen. Offenbar war das Paar gerade am Auspacken. Das Wohnzimmer war groß, nah am Fenster stand ein Flügel. Das Instrument, über und über beladen mit Noten und Papieren, beherrschte als eine Art schwarzes Schiff den Raum.

Gegenüber gab es zwei Sessel und eine durchgesessene Couch, auf welche Agnes Desch jetzt wies.

»Wollen wir uns nicht setzen?«

Sie nahmen Platz, nur Bruno Sommer blieb stehen, immer noch die Zeitung in der Hand.

»Bruno hat mir vorhin die Meldung aus der Zeitung vorgelesen«, begann Frau Desch und strich ihr Haar zurück.

Von Barden wunderte sich. »In der Zeitung stand der Name?«

»Der Uhrmacher Eberhard S. hieß es.«

Reiche überlegte kurz, ob er Agnes Desch sein Beileid aussprechen sollte – immerhin war sie noch mit dem Opfer verheiratet. Aber er entschied sich dagegen. Die Frau sah nicht aus wie eine trauernde Witwe.

Sie wies mit dem Kopf in Richtung Wohnzimmertisch. »Da sind alle Papiere drin, die mit der Scheidung zu tun haben. Ich wollte mit Eberhard etwas abschließen. Nun ist er mir zuvorgekommen.«

Sie redet, dachte Reiche, als habe Sebald sich selbst erschossen.

Sie sah ihn prüfend an. »Es stimmt doch, was in der Zeitung stand – er wurde erschossen?«

Reiche nickte.

»Dabei ...« Sie sprach nicht weiter. Sie hielt sich die Hand vor den Mund und schüttelte den Kopf. Tränen stiegen ihr in die Augen.

Reiche und von Barden schauten zur Seite. Bruno Sommer trat zu seiner Lebensgefährtin und berührte ihre Schulter.

»Wann haben Sie ihn zum letzten Mal gesehen?«, fragte von Barden.

Agnes Desch nahm das Taschentuch, das ihr Sommer reichte, und putzte sich die Nase. »Gesehen? Das ist mindestens ein Jahr her. Wir haben telefoniert, wegen der Scheidung.«

»Ist Ihnen da irgendetwas aufgefallen – oder ungewöhnlich vorgekommen? Hat Ihr Mann irgendetwas gesagt, das Sie – verwundert hat?«

Die Desch ließ sich mit der Antwort Zeit. Dann schüttelte sie den Kopf. »Nein. Wissen Sie, wir waren ja schon lange getrennt, es war viel Abstand da …« Sie schwieg nachdenklich. »Wir waren keine jungen Spunde mehr, Eberhard und ich, als wir heirateten. Und Eberhard war schon einmal verheiratet gewesen. Es war einfach so …«

Sie unterbrach sich, weil Bruno Sommer wieder hinüber zum Flügel ging, als sei das seine Region, in die er sich zurückziehen musste.

»Unsere Gemeinsamkeiten waren schnell aufgebraucht.« Sie blies die Haarsträhne zur Seite. »Obwohl …«

Reiche spürte ihr Zögern. »Gab es noch etwas?«

»Eberhard wurde mir auf einmal so fremd.«

»Hat er sich anders verhalten?«

»Nein, gar nicht. Aber etwas gewann in mir die Oberhand, das vorher …« Sie unterbrach sich. »Entschuldigen Sie, das muss ihnen alles wirr vorkommen … Dabei haben Sie sicher ganz konkrete Fragen.«

»Bitte sprechen Sie weiter«, sagte Reiche, »das, was Sie sagen, ist wichtig für uns.«

»Mir fiel auf – oder besser gesagt, es fiel mir wieder ein, dass Eberhard so gar keine Verwandten zu haben schien.

Verstehen Sie, ich wusste, dass seine Eltern früh gestorben waren, er hatte auch, soviel ich weiß, keine Geschwister …« Sie zuckte mit den Schultern, bevor sie weitersprach. »Trotzdem … ich meine, irgendwann erwähnt man doch mal einen Onkel oder eine Tante, oder die Großeltern oder irgendwelche Cousinen oder Cousins … Er sprach nie von so etwas. Und wenn sich mal Fragen ergaben, wich er aus oder machte einen Scherz.« Sie sah zu Bruno Sommer hinüber, ein Lächeln huschte über ihr Gesicht. »Am Anfang einer Beziehung erzählt man doch aus seinem Leben, mehr oder weniger, nicht wahr?«

Sommer, der sich jetzt in das Gespräch mit einbezogen sah, machte eine vage Handbewegung. »Ich denke, man hat ab einem gewissen Alter auch das Recht, Dinge aus seinem Leben zu verschweigen – ohne dass man den anderen dadurch hintergeht. Oder?«

»Sicher«, sagte Agnes Desch. »Aber man muss als Partner das Gefühl haben, dem anderen vertrauen zu können – auch wenn man nicht alles von ihm weiß. Oder wissen möchte.«

Von Barden zog die Brauen hoch. »Und Sie hatten auf einmal nicht mehr das Gefühl, ihm vertrauen zu können?«

»Mir wurde klar, dass ich Eberhard – unbewusst natürlich – nie ganz vertraut hatte.«

»Hatten Sie irgendeinen Grund dazu?« fragte Reiche.

»Überhaupt nicht. Das ist es ja. Es war etwas – Ungreifbares.« Sie schüttelte den Kopf. »Manchmal dachte ich, ich bilde mir etwas ein.« Sie sah den Kommissar an. »Aber letzten Endes hab ich in meinem Leben immer auf meinen Bauch gehört.«

»Sie wussten«, bemerkte Reiche, »dass Ihr Mann bei seiner ersten Eheschließung den Namen seiner Frau angenommen hat?«

»Natürlich.« Sie zögerte. »Ach Gott, irgendwie konnte ich es verstehen. Er hieß ja Mayer. Obwohl …«

»Ja?«

»Eigentlich hat es mich gewundert. Ich meine, den Namen der Frau anzunehmen … irgendwie passte das nicht zu ihm.«

»Und Sie haben dann bei der Eheschließung Ihren eigenen Namen behalten.«

»Das war von vornherein klar.«

Es entstand eine kleine Pause. Schließlich fragte von Barden: »Wann sind Sie aus der gemeinsamen Wohnung ausgezogen?«

Agnes Desch schaute Sommer an, als könne der ihr das genaue Jahr sagen. »Warten Sie – vor vier Jahren.«

Reiche räusperte sich. »Sie haben danach nicht gleich die Scheidung eingereicht?«

»Nein. Das war uns nicht so wichtig. Keiner von uns hatte damals einen neuen Partner. Und wir trafen uns eine zeitlang auch weiterhin – wie Freunde eben.«

»Sagen Sie, haben Sie ihrem Mann gegenüber dieses unbestimmte Gefühl, dieses mangelnde Vertrauen, wie Sie sagen, einmal angesprochen?«

»Nein, nie. Ich hatte ihm ja nichts vorzuwerfen.«

Von Barden hatte sein Notizbuch vor sich hingelegt, ohne es aufzuschlagen. »Haben Sie mit ihrem Mann über seine erste Ehe gesprochen?«

»Am Anfang. Aber er war auch da sehr einsilbig. Ich hab das verstanden. Ihr plötzlicher Tod muss ihn doch sehr getroffen haben.«

»Woran starb sie?«

»Sie ist mit dem Auto tödlich verunglückt.«

Von Barden notierte etwas. »Und aus dieser Ehe stammt der Sohn?«

»Nein. Eberhards erste Frau hat das Kind mit in die Ehe gebracht. Eberhard hat Werner dann adoptiert.«

»Werners leiblicher Vater war damit einverstanden?«, fragte Reiche.

Die Desch schaute überrascht auf. »Komisch – jetzt, wo Sie fragen: Von dem wurde nie gesprochen.«

Während Agnes Deschs Reden war vor Reiches geistigem Auge das Bild eines gleichförmigen, gesetzten Lebens entstanden, eingerahmt von honoriger Arbeit, ein Leben mit einer seriösen Partnerin, mit gut gehenden Geschäften – alles in allem eine solide bürgerliche Existenz, in der es bislang nichts Ungewöhnliches und Aufregendes gegeben hatte – und doch war vorgestern ein Mensch auf Eberhard Sebald zugegangen und hatte ihn erschossen.

»Sebalds Sohn, Stiefsohn«, verbesserte sich Reiche, »lebt er schon lange im oberen Stockwerk des Hauses?«

»Soviel ich weiß, hat er nie woanders gewohnt«, sagte sie.

»Wissen Sie, was er beruflich macht?«

Die Desch lachte. »Nichts.« Sie fügte aber sogleich hinzu: »Nein, entschuldigen Sie – ich weiß nicht, ob er zur Zeit eine Arbeit hat, ich hab ihn ja lange nicht gesehen.«

Von Bardens linke Augenbraue ging nach oben.

»Sie stehen Werner Sebald reserviert gegenüber?«

Manchmal bewunderte Reiche seinen Assistenten für seine Formulierungskünste.

Sie antwortete nicht gleich, da Bruno Sommer mit einer Flasche Mineralwasser und einem Tablett aus der Küche kam und die Gläser abstellte. »Bedienen Sie sich«, sagte er, an die Kommissare gewandt.

Agnes lächelte ihren Freund an, bevor sie sich einschenkte. »Ich kann nur über den Werner sprechen, den ich kannte, als ich mit Eberhard zusammen war. Und das liegt nun Jahre zurück.«

»Und wie war dieser Werner Sebald, den Sie kannten?«

»Erst ein fauler Student und dann ein Studienabbrecher.«

»Was hat er studiert?« Auch Reiche nahm ein Glas und schenkte sich ein.

»Jura.«

»Wie man hört, gibt es in diesem Studium viele Abbrecher«, bemerkte von Barden.

Agnes Desch schüttelte den Kopf. »Wissen Sie, er hat immer große Töne gespuckt, was für ein toller Strafverteidiger er werden würde. Aber dann hat er eine Prüfung nach der anderen versiebt.«

»Naja«, murmelte Reiche, der daran dachte, wie wenig Begeisterung er in der Polizeischule für Fächer wie Strafrecht, Polizeirecht, Eingriffsrecht etc. aufgebracht hatte.

»Werner hatte für alles eine Ausrede«, fuhr die Desch fort, »wenn er in einer Prüfung durchgefallen war, sagte er, der Straßenlärm vor dem Fenster sei schuld gewesen, er habe sich nicht konzentrieren können. Immer waren andere schuld.« Sie schüttelte den Kopf. »Er und Eberhard – es gab andauernd Streit.«

»Weswegen?«

»Werner war dauernd blank. Und Eberhard hat ihm immer wieder Geld geliehen.«

»Haben Sie eine Ahnung, wo Werner Sebald sein könnte?«, fragte von Barden. »Er ist seit vorgestern nicht mehr in seiner Wohnung gewesen. Hat er eine Freundin?«

»Ach!« Die Desch war sichtlich erstaunt. »Von einer Freundin weiß ich nichts. Eigentlich war er immer ein Stubenhocker.«

Sie wurden unterbrochen, da von Bardens Handy summte. Er entschuldigte sich mit einer Handbewegung und ging hinaus in den Flur.

»Noch etwas …«, sagte Reiche. »Wissen Sie, ob Herr Sebald ein Testament gemacht hat – und wo es sein könnte?«

Sie schüttelte den Kopf. »Von einem Testament weiß ich nichts.«

Als von Barden zurückkam, stand Reiche auf. »Gut, Frau Desch, das wär's erst mal.«

Schon an der Tür, fiel Reiche eine letzte Frage ein. »Da Sie nicht geschieden sind – werden Sie das Erbe annehmen?«

»Erbe ich denn?« Die Desch schien erstaunt. »Wir haben doch bei der Heirat Gütertrennung vereinbart!«

6

»Was ist mit deinem Handy?«, fragte von Barden, als sie auf ihren Wagen zugingen.

»Was soll mit ihm sein?«

»Hoffmann hat versucht dich anzurufen.«

Reiche griff in seine Jackentasche. »Ich hab's im Auto liegenlassen.«

»Es gibt Neuigkeiten«, sagte von Barden und seine Braue bewegte sich amüsiert nach oben.

Reiche sah ihn fragend an.

»Die Kollegin Maiwald hatte einen Unfall.«

Reiche erschrak. »Was ist passiert?«

»Sie hat sich den Fuß gebrochen.«

»Den Fuß gebrochen? Wie das denn?«

Von Barden zuckte mit den Schultern. »So genau hat sich der Chef nicht geäußert. Es muss erst vorhin passiert sein. Sie und Hettich waren auf dem Weg zu diesem Installateur. Jetzt fährt sie Hettich zum Röntgen ins Krankenhaus.«

Sie stiegen in den Wagen und Reiche fand sein Handy auf dem Beifahrersitz.

»Jetzt sollen wir uns um den Thiedemann kümmern«, fuhr von Barden fort.

»Jetzt? Der Mann ist doch sicherlich unterwegs. Als Installateur.«

Von Barden blätterte in seinem Notizbuch nach der Adresse. »Befragen wir seine Frau. Zum Beispiel, wann ihr Mann am Sonntagabend nach Hause gekommen ist.«

Während von Barden losfuhr, versuchte Reiche Monika Maiwald auf dem Handy zu erreichen. Aber ihr Apparat war abgeschaltet.

Thiedemanns Straße lag am Rande der Innenstadt. Hier standen Häuser aus den achtziger Jahren, viele dreistöckig, mit einer ans Haus angeklebten Fertiggarage. Nur Thiedemanns Haus war zweistöckig. Neben dem Haus führte ein gepflasterter Weg in den ein gutes Stück hinter dem Haus gelegenen Hof, wo sich in einem Flachbau die Werkstatt des Heizungsbauers befand.

Karin Thiedemann klappte gerade den Deckel der Mülltonne zu, als Reiche und von Barden aus dem Auto stiegen.

»Frau Thiedemann?«

Die junge Frau, die modische Jeans und einen beigefarbenen Rollkragenpullover trug, nickte misstrauisch.

Reiche zeigte seinen Ausweis.

»Polizei?« Die Frau führte unwillkürlich die Hand zum Mund. »Ist was mit Janek?« Und weil sie die verständnislosen Blicke der zwei Männer sah, fügte sie hinzu: »Aber der ist doch in der Schule!«

»Nein, Frau Thiedemann. Wir sind von der Kriminalpolizei, wir möchten zu Ihrem Mann. Es geht um einen Kunden von ihm.« Und weil Reiche sah, dass die Frau unruhige Blicke in die Nachbarschaft warf, sagte er: »Können wir reingehen?«

Sie führte sie in die Küche, die groß und hell war und hochmodern eingerichtet. Ihr Anblick mit all dem blitzenden Chrom, Stahl, Glas und den Digitalanzeigen erinnerte Reiche eher an den Kommandostand eines Raumschiffs als an einen Ort zum Kochen.

Immerhin waren der Küchentisch und die Stühle aus Holz. Auf dem Tisch stand ein Topf mit Wasser, daneben lagen ein Beutel mit Kartoffeln sowie Möhren und Pilze. Sie setzte sich und wies auf die anderen Stühle. Sie griff nach dem Kartoffelschäler und klaubte ein paar Kartoffeln aus der Tüte. Sie wirkte sehr konzentriert, als sei das Kartoffelschälen jetzt wichtiger als der Besuch der Kommissare.

Reiche zog einen Stuhl heran. »Es geht um Eberhard Sebald. Sie wissen, dass er ermordet wurde?«

Sie nickte. »Eine Nachbarin hat's mir erzählt. Die hat's aus der Zeitung.«

»Also weiß es auch Ihr Mann?«

»Deswegen sind Sie doch da, oder?« In ihrer Stimme schwang Trotz.

»Wie kommen Sie darauf?«

Sie nahm eine Kartoffel vom Haufen, sah sie an, legte sie wieder zurück und griff nach einer anderen. »Mein Mann war doch Sonntagabend noch bei Sebald.«

»Hat er mit Ihnen darüber gesprochen?«, fragte von Barden, der sich auf dem Tisch eine Ecke für sein Notizbuch freischob.

»Er war wütend, weil Sebald drauf bestand, dass er auch am Sonntag kommen müsse, das gehöre zum Kundendienst. Er hätte kein heißes Wasser, weil die Heizung nicht funktionierte.«

»Ihr Mann hat die Heizung installiert?«

»Ja, aber es hat von Anfang an Ärger gegeben. Packo – mein Mann – sagt, Sebald schraube an den Einstellungen dauernd herum. Außerdem …« Sie stockte.

»Ja?«

»Ach, wegen dieser blöden Uhr …«

»Was für eine Uhr?«, wollte Reiche wissen.

Karin Thiedemann schälte langsam, den Blick auf den Tisch gerichtet. »Das soll Ihnen mein Mann selber sagen.«

Es entstand eine Pause, während der die Kommissare zusahen, wie sich unter dem Schäler ein gelbweiss glänzender Streifen von der Kartoffel löste.

»Wann ist Ihr Mann am Sonntag zu Sebald gefahren?«, fragte Reiche.

»Das muss so um sechse gewesen sein. Ich wollte nicht, dass er geht. Es war ja Sturm angesagt.«

»Und wann ist er zurückgekommen?«

»Da ging's grad los. Ich schätze so um achte rum.« Sie schüttelte den Kopf. »Janek hat Angst gehabt, dass seinem Vater was passiert. Zwei Häuser weiter hat's im Garten die alte Fichte umgehauen.« »Hat Ihr Mann Ihnen erzählt, was bei Sebald war?«

»Er war sauer wie immer, wenn er von dem gekommen ist.«

Von Barden hob die Brauen. »Sie meinen …«

Sie warf die geschälte Kartoffel in den Topf. »Er hat gesagt, der Sebald hätte wieder an der Zündung rumgemacht.«

»Kann es sein, dass Ihr Mann und Sebald sich gestritten haben?«

Karin Thiedemann sah den Kommissar mit großen Augen an, sagte aber nichts. Sie presste die Lippen zusammen und schüttelte den Kopf.

Von Barden klappte sein Notizbuch zu.

»Kommt Ihr Mann immer zum Mittagessen nach Hause?«

»Wenn er nicht zu weit wegfahren musste …«

»Und heute?«

»Er kommt. Er ist ja in der Stadt.«

Als sie wieder im Auto saßen, rief Reiche Monika Maiwald an. Diesmal war ihr Handy eingeschaltet.

»Paul hier.« Er stellte sein Handy auf Lautsprecher, damit von Barden mithören konnte.

»Ach, ich sag dir …« meldete sich die Maiwald.

»Was ist passiert?«

Sie seufzte. »Das darf ich gar niemandem erzählen.«

Reiche schmunzelte. »Du weißt, die Polizei kriegt alles raus.«

»Ich bin bei uns an der Bordsteinkante mit dem linken Fuß abgeknickt, als ich einsteigen wollte.« Nach einer kleinen Pause fügte sie hinzu. »Es war glitschig.«

»So was gibt's«, sagte Reiche tröstend. »Und – ist der Fuß gebrochen?«

»Ja, eine saubere Mittelfußfraktur. Der Fuß ist dick wie ein Ballon. Er muss erst abschwellen, dann krieg ich wahrscheinlich einen Gips.«

»Tut's weh?«

»Es geht.« Ihre Stimme veränderte sich. »Und du? Wart ihr beim Thiedemann?«

»Wir haben grad mit der Frau gesprochen. Sag mal, die Nachbarin, mit der du gesprochen hast – um wieviel Uhr hat sie Thiedemanns Wagen gesehen?«

»So genau weiß sie es nicht mehr. Aber auf jeden Fall, bevor der Sturm losging, also vor acht.«

»Hat sie auch mitgekriegt, wann er weggefahren ist?«

»Nein. Sie haben wegen des Sturms die Rollläden runtergelassen und nicht mehr rausgeschaut.«

»Wo bist du jetzt?«, fragte Reiche.

»Noch im Krankenhaus. Hettich holt mir grad eine provisorische Krücke und fährt mich dann nach Hause.«

»Gib acht auf die Bordsteinkante, wenn du ins Auto steigst.«

»Du bist gemein!« Das war das privateste, was Monika Maiwald seit langem zu Kriminalhauptkommissar Reiche gesagt hatte. Nach ihrer kurzen Affäre vor zwei Jahren vermieden sie normalerweise irgendwelche Anspielungen auf ihre gemeinsame Vergangenheit.

»Gute Besserung«, sagte Reiche.

Von Barden hob die Hand und sagte laut: »Von mir auch!«

Als nächstes rief der Kommissar Schubert an. »Schau doch mal, ob wir was über Peter Thiedemann haben.«

Von Barden ließ den Motor an. »Und jetzt?«

»Jetzt fahren wir zu Sebalds Haus.«

»Aber die Räume sind noch versiegelt«, gab von Barden zu bedenken.

»Das spielt keine Rolle. Ich will sehen, ob Werner Sebald inzwischen da ist.«

Das Haus lag wie verwaist da. Es sah aus, als sei es schon seit Wochen unbewohnt. Die Umgebung war aufgeräumt worden, alles wirkte sauber und ordentlich. Das lag auch an dem schönen Wetter: Der Spätsommer ging in einen leuchtenden Herbst über.

Neben dem gläsernen Eingang zum Laden befand sich die Haustür mit zwei Klingelschildern. *E. Sebald* stand auf dem unteren, *W. Sebald* auf dem darüber. Von Barden klingelte mehrmals, aber nichts rührte sich.

»Hast du seine Nummer?«, fragte Reiche.

Von Barden nickte und zog sein schwarzes Notizbuch heraus. Aber auch der Telefonanruf war erfolglos.

Sie gingen um das Haus. Auf der Rückseite gab es einen kleinen, verwilderten Garten mit zwei Kirschbäumen und, an die Hauswand geschoben, eine alte, eiserne Bank. Neben der Bank führte eine Treppe in den Keller.

Reiche hatte nicht damit gerechnet – aber die Kellertür war offen. Die Kellerräume wirkten auffallend sauber, so, als seien sie erst in letzter Zeit renoviert worden. Ein kahler, nach frischer Farbe riechender Gang führte hoch in den Flur des Treppenhauses. Alle Türen, die vom Kellergang rechts und links abgingen, waren unverschlossen. Es gab einen Fahrradkeller mit drei nicht mehr ganz neuen Fahrrädern, einen Heizungsraum mit Stahltüre, einen Raum mit Waschmaschine und zwei Wäscheständern und einen Raum, in dem ein alter Schrank und allerlei Gerümpel waren.

Die Kommissare gingen in den ersten Stock. Sebalds Wohnung war versiegelt. Eine Holztreppe führte in den zweiten Stock, Werner Sebalds Mansardenwohnung. Die Treppe, die einen sanften Bogen nach links machte, war schon lange nicht mehr gekehrt worden, an der Fußleiste hatten sich große Staubflocken angesammelt.

Die Glastür der Wohnung war verschlossen, aber es war deutlich zu sehen, dass innen das Flurlicht brannte. Von Barden läutete noch einmal, aber niemand öffnete. »Der ist schon länger nicht mehr daheim gewesen«, bemerkte Reiche und wandte sich zum Gehen. Von Barden riss einen Zettel aus seinem Notizbuch, schrieb etwas darauf und klemmte das Papier in den Türspalt.

Reiche war auf der Mitte der Treppe, da, wo die Stiege die leichte Kurve machte, stehen geblieben und bückte sich. »Hast du ein Taschentuch dabei?«

Von Barden schaute auf den Punkt, dicht am Rand der Stiege, auf den Reiches Finger deutete. Da lag ein flaches, matt schimmerndes Viereck, farblich vom Ocker der Treppe kaum zu unterscheiden. Von Barden fasste es mit dem Papiertaschentuch am Rand an und hob es hoch: es war eine eingeschweißte Goldmünze.

»Ein Krügerrand«, murmelte er.

7

Auf der Fahrt Richtung Stadtmitte wies von Barden mit dem Kinn nach vorn, wo unter einem Bäckereischild Stehcafé stand und fragte: »Was meinst du – einen Kaffee?«

Reiche nickte.

Drin gab es zwei runde Tischchen und daneben einen riesigen Zeitungsständer. Die Bedienung, eine Frau, die anscheinend selbst die beste Konsumentin ihrer Backwaren war, brachte ihnen Cappuccino und Croissants. Gerade hatte Reiche den ersten Schluck getan und die Tasse abgesetzt, als er »Moment!« rief und aus dem Laden stürzte.

Wenige Schritte neben der Ladentür beugte sich ein älterer Mann über eine große Plastiktüte und hob etwas vom Boden auf.

»Kann ich dir helfen?«, fragte Reiche.

Der alte Mann sah auf und grinste. »Paul!«

Der Ketterer-Toni stammte ebenfalls aus Auerswies und war so etwas wie der Dorfphilosoph. Zumindest in Reiches Augen. Die meisten in Reiches Heimatdorf hielten allerdings den Ketterer-Toni für »daneben«. Er war Elektriker gewesen und betätigte sich, seit er in Rente war, künstlerisch. Er fotografierte, aber »abstrakt«, wie er betonte. Das heißt, er achtete darauf, dass auf seinen Bildern nichts Gegenständliches zu erkennen war.

Reiche schätzte den Ketterer-Toni, der unglaublich mager war und stets einen abgetragenen, schwarzen Anzug trug. Aber der Alte hatte immer auch etwas Würdevolles und zugleich Verschmitztes und bewegte sich trotz seiner Jahre mit einer geradezu aristokratischen Steifheit.

Jetzt stand er neben Reiche und von Barden am Tischchen, die Plastiktüte zwischen den Beinen, und erklärte in schönstem Dialekt: »Ich hebb mir Schuh kaafe misse.«

Er komme, erklärte der Ketterer-Toni, nur alle Jubeljahre in die Stadt. Aber nach zwanzig Jahren hätten seine alten Schuhe ihren Geist aufgegeben und wären auch nicht mehr zu besohlen gewesen, was ihn schwer gewurmt hätte.

»Und – gibt es neue Bilder?«, fragte Reiche. Früher hatte der Ketterer-Toni immer einen Packen Fotografien in der Tasche gehabt, seine abstrakten Kunstwerke, die er gern zeigte.

Der Ketterer-Toni schälte andächtig das Papierchen vom Zuckerwürfel und schüttelte den Kopf. »'s goht nemmeh. I' hebb au koi Eiwegkamera meh. Und im Supermarkt henn se gar koi Papierfilm meh. Die henn völlig uff Digital umgstellt.«

Als Reiche die Plastiktüte mit dem Schuhkarton sah, bekam er ein schlechtes Gewissen. Seit Wochen suchten er und Ingrid nach einem gemeinsamen Termin, um mit ihrem Vater in die Stadt zu gehen und ihm neue Hosen zu kaufen. Die Gabelsbergerin, die ihren Vater betreute, hatte moniert, dass der alte Mann »fast schon zerlumpt« herumlaufen würde.

»Sollen wir dich heimfahren?«, fragte Reiche, als der Ketterer-Toni wieder nach seiner Tüte griff. Bis Mittag, bis Thiedemann zum Essen kam, war es noch eine gute Stunde.

Der Ketterer-Toni winkte ab. »Brauchsch net, Paul. In

der nächstn Querstroß is ja scho d'Haltestell. I' fahr mit'm Bus.«

Als er gegangen war, meinte von Barden. »Solche Männer trifft man nur noch selten.« Er hatte die ganze Zeit kein Wort gesagt, weil er spürte, dass Reiche und der alte Mann für sich sein wollten.

Sie waren eben im Begriff, sich wieder ihrem Frühstück zuzuwenden, als zwei Frauen die Bäckerei betraten.

Schon beim Hereinkommen unterhielten sie sich so laut, dass von Barden missbilligend die Augenbraue hochzog. Sie stellten ihre Taschen am zweiten Tisch ab und während die eine aus dem Zeitungsständer eine Zeitschrift zog, ging die andere an die Theke und bestellte Schneckennudeln und Latte macchiato. Inzwischen hielt die Zeitschriftenleserin triumphierend die Illustrierte hoch und zitierte mit schriller Stimme: »Prinzessin fällt nackt in Swimmingpool!« Ihre Freundin an der Theke drehte sich um. »Hoffentlich war Wasser drin!«, rief sie. »Oder ein Mann!«, ergänzte die erste und beide kreischten auf.

Reiche und von Barden warfen sich einen Blick zu. »Gehen wir.«

Sie trugen ihre Teller zurück an die Theke und ließen sich die Croissants eintüten.

Im Auto sagte Reiche: »Wir reden hier.«

Von Barden drehte den Zündschlüssel und ließ die Scheiben herunter. Mit einer gewissen Unruhe beobachtete er, wie Reiche sein Croissant auspackte und hineinbiss. Es krümelte und Reiche wischte mit einer unbedachten Bewegung die Krümel von seiner Hose. »Und, was denkst du?«

»So allmählich kriegen wir Fleisch an die Knochen«, sagte von Barden, der seine Tüte auf den Rücksitz legte.

»Du meinst, es läuft auf Werner Sebald raus?«

Von Barden begann an den Fingern aufzuzählen. »Erstens, er hatte Zugang zu den Räumen. Ihn kann Sebald reingelassen haben. Zweitens, wie die Desch erzählt hat, gab es des öfteren Streit zwischen den beiden, immer ging es um Geld. Drittens, Werner Sebald ist seit Sebalds Tod nicht auffindbar. In seiner Wohnung brennt Licht, auf der Treppe finden wir eine Goldmünze …«

Reiche biss in sein Hörnchen und verstreute weitere Krümel. »Du meinst, es gab Streit mit dem Stiefvater, er hat ihn erschossen, den Safe leergeräumt, ist noch mal hoch in sein Zimmer, dabei hat er in der Eile auf der Treppe eine der Goldmünzen aus dem ausgeräumten Tresor verloren und ist dann abgehauen.«

»So könnte es doch gewesen sein.« Von Barden, der am Steuer saß, sah zu seinem Mentor hinüber. »Irgendwie überzeugt es dich nicht, oder?«

Reiches Handy klingelte. Schubert meldete sich.

»Ja?« Reiche hielt sein Handy, das immer noch auf Lautsprecher gestellt war, vor sich hin.

»Thiedemann ist wegen schwerer Körperverletzung vorbestraft. Er hat bei einer Schlägerei einem das Nasenbein zertrümmert. Bekam acht Monate auf Bewährung.«

»Wann war das?«

»Vor drei Jahren.«

»Danke, Wolfgang.«

Neben der Parkbucht, in der sie standen, hielt eine Mutter

mit einem überbreiten Kinderwagen, in dem nebeneinander Zwillinge saßen. Sie beugte sich zu den Kleinen hinunter und putzte dem linken Kind die Nase, während das rechte interessiert zuschaute.

»Ein gewalttätiger Heizungsinstallateur …«, murmelte von Barden.

»Wenn, dann hat er ihn im Affekt erschossen«, meinte Reiche und aß den Rest des Hörnchens. »Aber lass uns nicht spekulieren, wir kennen Thiedemann nicht.«

»Wir kennen auch Werner Sebald nicht«, warf von Barden ein.

Der Bruder des geputzten Zwillings streckte der Mutter den Kopf entgegen und die Mutter tupfte nun auch ihm die Nase ab. Dann schob sie den Kinderwagen weiter.

»Weißt du, von wem wir überhaupt noch keine Vorstellung haben?«, fragte Reiche.

Von Barden nickte. »Von Eberhard Sebald.«

Reiche konnte dem Drang nicht widerstehen, die kleine Bäckertüte aufzublasen und, trotz des entsetzten Blicks seines Assistenten, mit einem Schlag zum Platzen zu bringen. Ein Krümelregen ging auf den Nebensitz und auf von Bardens Fußmatte nieder.

»Entschuldige«, murmelte Reiche. Obwohl er ausnahmslos mit großem Ernst seiner Arbeit nachging und unter seinen Kollegen keineswegs als Spaßvogel bekannt war, hatte Hauptkommissar Reiche hin und wieder solche Anwandlungen.

Während er sich flüchtig die Hosenbeine abwischte und die zerknüllte Tüte in die Jackentasche steckte, sagte er: »Ruf mal an, ob der Thiedemann inzwischen da ist.« Er schaute auf die Uhr. »Es ist zwölf vorbei.«

Aber der Installateur war noch unterwegs. Er würde, sagte seine Frau, nicht vor eins zu Hause sein.

»Dann fahren wir jetzt zu Lena Wehrle«, bestimmte Reiche.

»Soll ich vorher anrufen?«, fragte von Barden.

Reiche schüttelte den Kopf. »Die wird schon da sein. Fahr los.«

Von Barden startete den Wagen, nicht ohne vorher noch einmal einen missbilligenden Blick auf die Croissantkrümel zu werfen, die sich zu Reiches Füßen angesammelt hatten.

Lena Wehrle war tatsächlich da. Und wieder stand, als sie die Tür öffnete, ihre rothaarige Freundin neben ihr. Die huschte, als die Kommissare eintraten, an ihnen vorbei und zog hinter sich die Türe zu.

»Das ist mein Kollege, Kommissar von Barden«, stellte Reiche vor.

Lena Wehrle war heute in noch mehr Wolle gewickelt als am Vortag – als sei ihr permanent kalt. Sie bot Platz an und setzte sich selbst in einen der knisternden Korbstühle. Reiche und von Barden blieben stehen.

Reiche nickte seinem Kollegen zu. »Wir haben ein paar Fragen an Sie – ich hoffe, wir halten Sie nicht vom Essen ab«, begann von Barden.

Lena Wehrle zog ihr Schultertuch fester um sich. »Es ist mir nicht nach essen.«

»Werner Sebald war seit zwei Tagen nicht in seiner Wohnung«, fuhr der Kommissar fort, »haben Sie eine Ahnung, wo er sein könnte?«

»Komisch, er ist nicht da?«, wunderte sich die Wehrle. »Ich habe keine Ahnung, wo er ist.«

»Hat er Freunde, hat er eine Freundin?«

»Eine Freundin? Nein, das hätte ich mitbekommen. Und Freunde?« Sie zuckte mit den Schultern. »Ich kenne keinen.«

»Und wo arbeitet er?«

»Eine Zeit lang hat er geholfen, im Supermarkt Waren in die Regale zu stellen. Aber das ist auch schon wieder vorbei.«

Von Barden machte sich Notizen.

»Verstand er sich gut mit seinem Stiefvater?«, fragte Reiche.

Lena Wehrle schüttelte den Kopf. »Werner ist ein schwacher Mensch, irgendwie haltlos. Aber Eberhard war sehr nachsichtig ihm gegenüber.«

»Inwiefern?«

Die Wehrle machte eine unbestimmte Handbewegung. »An sich ist Eberhard kein Mensch, der sich auf der Nase rumtanzen lässt.«

Reiche trat näher an den Tisch. »Aber diesen Eindruck hatten Sie …«

Sie nickte. »Es fiel Eberhard schwer, Werner in die Schranken zu weisen. Als verfüge Werner über eine geheime Kraft seinem Stiefvater gegenüber.« Sie schwieg nachdenklich. »Soviel ich weiß«, fuhr sie fort, »hatte Werner nie eine feste Anstellung. Dabei hat er ja studiert, ich meine, da hätte sich doch im Laufe der Jahre mal etwas ergeben müssen …«

»Sie meinen, er hat sich nicht darum bemüht?«

»Nicht wirklich. Aber er brauchte natürlich Geld und er borgte es sich von Eberhard. Obwohl – borgen …« Sie lachte kurz auf. »Eberhard wusste genau, dass er es nie wiederkriegen würde. Aber Werner benahm sich, als habe er Anspruch auf Eberhards Unterstützung. Dabei war er doch ein gesunder, erwachsener Mann, nicht wahr?«

»Also ist er arbeitslos gemeldet?«

Sie zuckte mit den Schultern. »Ich habe keine Ahnung. Es würde mich nicht wundern, wenn Werner auch dazu zu – zu …« Sie suchte nach dem richtigen Wort. »Zu träge war.«

Sie sah zu den Kommissaren hoch. »Ach bitte, setzen Sie sich, mich macht das ganz nervös, wenn sie stehen.«

Reiche und von Barden nahmen am Tisch Platz, auf dem nur eine Obstschale mit zwei einsamen Äpfeln stand.

»Wissen Sie«, fuhr sie fort, »er hat von Eberhard sogar verlangt, dass der ihm ein Auto kauft. Dabei wohnt er schon mietfrei!«

»Und – hat er eins bekommen?«, fragte Reiche.

Wehrle seufzte. »Nach langem Hin und Her, ja. Eberhard hat ihm schließlich seinen alten VW überlassen und sich selbst einen neuen Wagen gekauft. Einen gebrauchten.«

»Haben Sie Werner Sebalds Handy-Nummer?«, fragte Reiche.

»Warten Sie.« Sie stand auf und ging in den Flur. Sie kam mit dem schnurlosen Telefon zurück und wählte im

Menü. Von Barden nickte ihr zu und sie diktierte ihm die Nummer.

»Und wie war Ihr Verhältnis zu Werner Sebald?«, nahm Reiche den Faden wieder auf.

Sie schwieg. Dann sagte sie: »Wissen Sie, ich hab selbst einen erwachsenen Sohn. Es war auch mit ihm nicht immer einfach.« Sie schüttelte den Kopf. »Weiß Gott nicht. Und sein Vater hat sich überhaupt nicht um ihn gekümmert. Aber letztlich hat Manfred doch noch Fuß gefasst – jetzt macht er irgendwas mit Computern und verdient ein Heidengeld.«

»Aber mit Werner Sebald haben Sie Probleme?«, fragte von Barden.

»Wir sind uns immer aus dem Weg gegangen. Er hat gespürt, dass ich auf seine Spielchen nicht hereinfalle …«

»Seine Spielchen?«

Sie winkte ab. »Ach, lassen wir das. Jeder muss sein Leben leben.«

Im Unterschied zum Vortag wirkte Lena Wehrle jetzt klarer, ihre Stimme hatte an Festigkeit gewonnen.

»Frau Wehrle, Sie werden verstehen, wir versuchen uns ein möglichst genaues Bild zu machen«, übernahm Reiche jetzt wieder das Wort. »Und da fragen wir uns natürlich nach dem Hintergrund der Tat.«

Sie schaute ihn verunsichert an.

»Hatte Eberhard Sebald Feinde? Fällt Ihnen da jemand ein?«

Lena Wehrle betrachtete prüfend ihre Hände, die in ihrem Schoß lagen, als könne sie dort die Antwort lesen.

»Nein«, sagte sie nach einer Weile, »ich wüsste niemand.«

»Was war er für ein Mensch? War er ein ruhiger Typ – oder eher lebhaft?«

»Eher ruhig. Ausgeglichen, würde ich sagen, zurückhaltend.«

Man spürte, dass sie zögerte. »Ich meine«, fügte sie hinzu, »er war nicht phlegmatisch. Er konnte schon auch mal aus der Haut fahren. Aber das war selten.«

»Darf ich fragen, wie sie sich kennen gelernt haben?«

»Bei einer Laienbühne.«

»Sie meinen beim Theater?«

»Ja. Bei den Proben zum Vogt auf Mühlstein.«

»Ich kenne das Stück«, sagte Reiche. »Ein Volksstück. «

»Hat Herr Sebald auch früher schon mal Theater gespielt?«

»Nein, davon hätte er mir was gesagt.«

Reiche schaute kurz zu von Barden. Der verstand und übernahm das Fragen. »Hat er denn von früher erzählt?«

»Wie früher?«, fragte sie verständnislos.

»Von seinem früheren Leben, meine ich.«

Sie schüttelte den Kopf. »Wissen Sie, in unserem Alter hat jeder seine Vergangenheit. Es hat mich auch nicht interessiert. Für uns ist …«, sie stockte, »… für uns war nur die Gegenwart wichtig.« Trauer überwältigte sie und Tränen stiegen ihr in die Augen. Sie holte ein Taschentuch aus ihrem Ärmel und schnäuzte sich. »Entschuldigen Sie.«

Die Katze kam herein und umkreiste den Tisch. Aber es waren ihr zu viel Menschen im Raum und so stolzierte sie wieder hinaus.

»Kann ich Ihnen was anbieten?«, fragte Lena Wehrle.

»Nein, danke. Wir sind soweit.« Reiche erhob sich und auch von Barden stand auf. »Ach, noch eines: Kannten Sie den Inhalt des Tresors in Sebalds Büro?«

Lena drehte sich zu ihnen um, ohne aufzustehen. »Nein. Über Geschäftliches haben wir nie gesprochen.«

»Und Sie waren an jenem ....«, von Barden räusperte sich, »... Abend die ganze Zeit zu Hause?

»Ja, ich hab mich bei dem Sturm nicht rausgetraut.« Misstrauisch setzte sie hinzu: »Warum fragen Sie?«

»Haben Sie zufällig an dem Abend mit Ihrer Freundin gesprochen oder telefoniert?«

Sie stand auf, um sie an die Tür zu begleiten. »Nein.«

Von Barden steckte sein Notizbuch ein. »Frau Wehrle, wir müssen Sie bitten, in den nächsten Tagen im Kommissariat vorbeizukommen, wir brauchen Ihre Fingerabdrücke.«

»Sie meinen ...«

»Eine reine Formsache«, fügte Reiche lächelnd hinzu.

Als sie zu ihrem Wagen gingen, meinte von Barden: »Jetzt mal ehrlich: Glaubst du wirklich, dass die Wehrle ...?«

8

Reiche und von Barden blieben im Flur stehen, während Karin Thiedemann ihren Mann holte. Der Installateur kam und nachdem er sich den Mund abgewischt hatte, sagte er zu seiner Frau: »Andy soll hier auf mich warten.« Und zu seinem Besuch: »Kommen Sie, wir gehen hinüber ins Büro.«

Er ging voraus: ein großer, breitschultriger Mann, dessen Haare auf weniger als Streichholzlänge getrimmt waren.

Während sie den Hof überquerten, fragte von Barden: »Wer ist Andy?«

Thiedemann schloss die Tür zu dem garagenartigen Büro-Anbau auf. »Mein Mitarbeiter.«

Man sah dem Büro an, dass es ein häufig benutzter Arbeitsplatz war. Der Schreibtisch, auf dem ein schon etwas betagter PC stand, war übersät mit Papieren. Auf einem Beistelltischchen daneben befand sich die vorsintflutliche Ausgabe eines Fax-Gerätes und darüber hing eine Pin-Tafel, bespickt mit kleinen und großen Zetteln. In einem Regal an der schmalen Seite des Raumes stand eine Kaffeemaschine und im Fach darüber das Modell einer Pelletheizung.

Vor dem Schreibtisch, gleich neben dem Eingang, gab es so etwas wie eine Besucherecke – mit Plastikstühlen und einem kleinen Resopaltischchen, das beladen war mit Katalogen und Prospekten.

Thiedemann wies auf die Stühle und setzte sich als erster. In seinem blauen Overall und mit dem vollen Gesicht wirkte er wie ein umgänglicher Kraftprotz. Aber Reiche wusste, dass man sich nicht auf den ersten Eindruck verlassen konnte. Hinter der gemütlichen Fassade konnte sich durchaus ein reizbarer Schläger verbergen, ein Muskelpaket, das von seinen Freunden nicht zufällig *Packo* genannt wurde.

»Sie waren Sonntagabend bei Eberhard Sebald«, begann Reiche.

Thiedemann nickte. »Er rief mich an und sagte, irgendwas sei mit der Heizung, er habe kein heißes Wasser. Ich solle kommen und die Sache in Ordnung bringen.« Seine Stimme hatte einen rauen, heiseren Unterton. »Ich habe gefragt, ob das nicht bis morgen warten könne, schließlich sei Sonntag.«

»Das hat Herr Sebald nicht akzeptiert.«

Er machte eine vage Handbewegung. »Natürlich nicht. Ich hatte auch nicht damit gerechnet. Er meinte, es gehöre zum Kundendienst, eine solche Störung gleich zu beheben, schließlich hätte ich die Heizung installiert.«

»Wann war das?« fragte von Barden.

»Wann ich die Heizung eingebaut habe?« Er überlegte. »Vor drei Jahren. Die alte Ölheizung war völlig hinüber. Und für eine neue Anlage gab es einen Zuschuss vom Bundeswirtschaftsministerium. Ich hab ihm eine Pelletheizung vorgeschlagen und er war einverstanden.«

»Und – war Herr Sebald mit der neuen Anlage zufrieden?«

Thiedemann winkte ab. »Der und zufrieden! Der Sebald ist so ein Über-alles-Bescheid-Wisser. Er hat von Anfang an an der Heizkreisregelung rumgespielt. Ich hab sie ihm eingestellt, mit Vorlauftemperatur und Nachtabsenkung und allem Pipapo, für ihn gab es da eigentlich nichts zu machen. Der Betrieb läuft von allein. Ich weiß nicht, warum er immer wieder an der Einstellung rumgefummelt hat. Er ist Uhrmacher und kein Installateur!«

»Sie meinen, er hatte keinen Grund, sich um den technischen Betrieb zu kümmern.«

Thiedemann beugte sich vor. »Okay – es gab am Anfang bei der ersten Pelletlieferung Probleme. Bei der Befüllung des Lagerraumes hat das Absauggebläse ausgesetzt und es ist zu einer starken Verstaubung des Kellerraumes gekommen. Aber das wurde schnell behoben und ist nie wieder vorgekommen.«

Er gefiel sich offenbar in seiner fachlichen Weitschweifigkeit, vielleicht wollte er aber einfach nur vom Thema ablenken. Reiche beschloss, ihn auszubremsen.

»Sie sind hingefahren und haben die Störung beseitigt.«

»Genau.«

»Wann war das?«

»Bevor der Zinnober mit dem Sturm losging. Ich bin grade noch rechtzeitig heimgekommen.«

»Wann waren Sie wieder zu Hause?«

»Gegen acht, schätze ich. Die Reparatur war keine große Affäre. Ich hab ein Modul an der Steuerung ausgewechselt. Das war's auch schon.«

»Zeugen sagen aus, dass Sie in Sebalds Büro einen Streit hatten, den man bis auf die Straße hörte.«

Thiedemann gab sich überrascht. »Ach ja?«

»Um was ging es?« Von Barden schrieb die ganze Zeit in sein Notizbuch. Er machte es auch, um den Befragten die Wichtigkeit ihrer Aussage vor Augen zu führen.

»Um die Uhr.«

Der Installateur stand auf und ging an seinen Schreibtisch. Er hob die Glasplatte, die als Schreibunterlage diente, fingerte ein an den Ecken bereits eingeknicktes Foto hervor und reichte es von Barden. Das Bild zeigte Karin Thiedemann mit einem Säugling auf dem Arm. Im Hintergrund die Pendule, hier zufälliges Beiwerk, aber gut erkennbar. Von Barden gab Reiche das Foto, der einen kurzen Blick darauf warf und es Thiedemann wieder hinschob.

»Okay, ich erzähl Ihnen die Geschichte.« Packo Thiedemann breitete mit grimmiger Miene die Hände aus. »Als wir damals die Heizung installiert haben, hab ich Sebald von der Wanduhr erzählt. Die hat meine Frau von ihrem Großvater geerbt, eine Pendule, so heißt diese Art von Uhr, also so ein antikes, goldverziertes Stück.«

»Hängt sie noch in seinem Laden?«, fragte Reiche.

Er schüttelte den Kopf. »Es hängt so eine ähnliche Pendule dort. Unsere hat er längst verkauft. Zufällig weiß ich, für wieviel.«

Thiedemann tippte mit seinem dicken Zeigefinger auf das Foto, das vor ihm auf dem Tischchen lag. »Fünfhundert Euro hat er uns dafür gegeben. Karin und ich, wir dachten, das ist ein Haufen Geld.« Er grunzte böse. »Und für fünftausend hat er sie verkauft! Für Fünftausend, mein Lieber!«, wiederholte er und starrte von Barden an, als habe der ihm das gute Stück abgeluchst. »Das war ein Originalstück aus der Schweiz von Achtzehnhundertnochwas, nix Nachgebautes.«

»Gibt es was Schriftliches über den Verkauf?«, fragte Reiche.

Thiedemann nickte. »Natürlich, der feine Herr hat sich abgesichert. Er braucht das für seine Bücher, hat er gesagt.«

Je mehr der Installateur über das Thema sprach, desto ärgerlicher wurde er. »Die Sache hat mir keine Ruhe gelassen. Kauft für fünfhundert und verkauft für fünftausend.« Er hob die Hand und spreizte demonstrativ fünf Finger ab.

»Sie haben ihn darauf angesprochen?«

»Für ihn ist die Sache erledigt, hat er gesagt. Ich hab gesagt, er soll uns wenigstens noch einen Tausender geben.«

»Aber Sebald ist nicht drauf eingegangen«, vermutete Reiche.

Thiedemann lehnte sich in seinem Stuhl zurück und verschränkte die Arme, als wolle er sich beruhigen. »Nein. Aber ich hab nicht lockergelassen. Jedes Mal, wenn ich wegen der Heizung kam – da waren ja auch die Inspektionen zu machen – hab ich gesagt, er schuldet mir für die Pendule noch Geld.«

»Deswegen«, schloss von Barden, »kam es jedes Mal zum Streit.«

Der andere schnaubte verächtlich.

»Und wie war es vergangenen Sonntag?«

Thiedemann sah auf die Uhr. »Wie lang soll das hier noch gehen? Ich muss wieder an die Arbeit.«

»Wie war es vergangenen Sonntag?«, wiederholte Reiche mit Nachdruck.

»Wie immer.«

»Nachbarn sagen, es wurde so laut, dass es bis auf die Straße zu hören war.«

Thiedemann hob die Stimme. »Wer sagt das?«

Reiche ging nicht drauf ein. »Haben Sie gestritten – ja oder nein?«

»Ich hatte die Nase gestrichen voll«, knurrte der Installateur.

»Was meinen Sie damit?«

»Die ganze Zeit habe ich …« Er unterbrach sich. »Ich meine, Sebald war ja auch ein Kunde von mir. Da hab ich immer Rücksicht drauf genommen.«

»Diesmal aber nicht.«

Packo nickte.

»Haben Sie ihm gedroht?« Jetzt bekam auch Reiches Stimme Schärfe.

Thiedemann schob aggressiv den Unterkiefer nach vorn. »Was heißt hier gedroht, ich hab …«

Reiche unterbrach ihn. »Herr Thiedemann, wir wissen, dass Sie wegen Körperverletzung vorbestraft sind.«

Thiedemann winkte ab. »*Die* alte Geschichte!«

»Es ist zum Streit gekommen«, nahm der Kommissar den Faden wieder auf, »Sie haben ihm gedroht und da hat Sebald zur Waffe gegriffen – war es so?«

»Quatsch!« Thiedemann setzte sich aufrecht hin. »Okay, wir haben gestritten und es war laut. Ich hab ihm die Meinung gesagt –, dass er für mich ein Betrüger ist. Irgendwie ist mir der Gaul durchgegangen.«

»Und Sebald?«

»Er hat mich beleidigt.«

»Was hat er gesagt?«

Thiedemann rutschte auf seinem Stuhl nach vorn. Er schien jetzt doch nervös zu werden.

»Herr Thiedemann, es geht hier um Mord. Ist Ihnen klar, dass Sie zum Kreis der Verdächtigen zählen? Sie waren einer der letzten – oder der letzte – der Sebald lebend gesehen hat.«

»Den Schuh zieh ich mir nicht an, den nicht!« Er schüttelte energisch den Kopf. »Okay, uns ist beiden der Kragen geplatzt, aber ich hab ihn nicht bedroht und er hat auch keine Pistole rausgezogen.« Er räusperte sich: »Er hat mich rausgeschmissen.«

»Rausgeschmissen, Sie?« Von Barden sah auf Thiedemanns nackten Gewichtheber-Oberarm, auf den ein geflügelter Drache tätowiert war.

Die Stimme des anderen war unsicher geworden. »Er hat gesagt, ich soll sofort sein Haus verlassen, sonst …«

»Sonst was?«, fragte von Barden mit hochgezogener Braue.

»Das hat er nicht gesagt. Aber ich bin gegangen. Draußen fing's schon an zu blasen. Ich wollte einfach heim.«

»Wann war das?«

»Hab ich doch schon gesagt: So um achte rum.«

»Wer kann das bezeugen?«

»Meine Frau.«

»Sonst noch jemand?«

Er zuckte mit den Schultern.

Reiche stand auf. »Herr Thiedemann, melden Sie sich

morgen im Laufe des Tages in unserem Büro. Wir brauchen Ihre Fingerabdrücke und eine DNA-Probe.«

Auf dem Gehsteig, vor dem Haus gegenüber, blieben sie einen Moment stehen.

»Nehmen wir mal an, Thiedemann hat Sebald im Affekt erschossen«, sagte Reiche, »räumt er dann auch noch den Tresor aus?«

»So wie Sebald ihn übers Ohr gehauen hat! Die Frage ist eher, war der Safe offen? Wenn nicht, wie kam er dann an den Schlüssel?«

Reiche ließ sich von Bardens Antwort durch den Kopf gehen.

Der Assistent klimperte mit dem Autoschlüssel. »Und jetzt, wohin?«

»Fahr mich heim«, sagte Reiche. »Wir machen Mittagspause und treffen uns um drei im Büro. Wir müssen sowieso noch Berichte schreiben.«

Er brauchte Abstand. Er musste allein sein. Außerdem hatte er Hunger.

Bevor Reiche aus dem Auto stieg, vergewisserte er sich, dass Zuwand nicht in der Nähe war. Er wollte jetzt mit seinem Vermieter kein Gespräch über Wasserschäden oder Zweitschlüssel führen. In seiner Wohnung setzte er sich erst mal in den Petrus und streckte die Füße von sich. Er versuchte abzuschalten und tatsächlich döste er für einen Moment auch ein. Dann erinnerte er sich, dass er im Kühlschrank noch ein Schälrippchen hatte.

Als er den abgenagten Knochen auf den Teller zurücklegte, läutete das Telefon. Er schob die Zeitung, in die er einen Blick geworfen hatte, zur Seite und holte den Apparat. Auf dem Display sah er, dass es Doris war. Es war eine ihrer löblichen Eigenschaften, dass sie ihn nie auf dem Handy anrief. Sie wusste, dass sein Mobiltelefon für die Arbeit frei bleiben musste und vor seiner Arbeit hatte sie großen Respekt.

»Du bist ja zu Hause«, sagte sie, »ich hatte gar nicht damit gerechnet.«

»Wie du siehst.« Anzüglich fügte er hinzu: »Aber musst du nicht den Hund ausführen?«

»Hugo ist weg.«

»Wie weg? Ist er abgehauen?« Er fürchtete schon, dass sie deswegen anrief.

»Nein. Kati hat ihn abgeholt. Sie ist früher zurückgekommen.«

»Aha.« Eine Pause entstand.

»Du hast keine Ahnung, weswegen ich anrufe?«

»Nein, wie sollte ich?« Aber er merkte an ihrer Stimme, dass etwas nicht stimmte. »Ist was passiert?«

Sie schwieg. Dann sagte sie: »Ich dachte, *du* rufst *mich* an.«

Reiche hatte keine Lust, das Spiel mit den Andeutungen mitzuspielen. »Hör mal, Doris, ich bin in einer Ermittlung. Ich bin nur schnell heim, um was zu essen und …«

»Schon gut«, unterbrach sie ihn frostig.

Jetzt war Reiche doch neugierig. »Also, was ist los?«

Stille. Dann ein schmerzliches Seufzen. Ihre Stimmung schlug um.

»Du hast es dir nie merken können!« Das kam wie ein

Aufschrei; im selben Moment fiel Reiches Blick auf das Datum der Zeitung: Seine Exfrau hatte heute Geburtstag!

»Doch doch, natürlich«, beeilte er sich zu versichern, »ich hätte dich bestimmt noch angerufen. Ich weiß doch ...« Es tat ihm wirklich Leid und so war sein Glückwunsch aufrichtig. »Alles Gute zum Geburtstag, Doris und ... äh ...« Er überlegte. »Gesundheit und dass deine Wünsche in Erfüllung gehen.«

Er wusste, dass sie der Glückwunsch rührte und freute. »Danke, Paul.« Ihre Stimme war leise und zärtlich. Es war einer der Momente, in dem Doris ihn zum Schmelzen bringen konnte.

»Und – kommst du?«, fragte sie erwartungsvoll.

Er ahnte Schlimmes. »Doris, tut mir Leid, heute geht es wirklich nicht!« Das kam aus tiefster Seele. Ein paar Freunde, eine so genannte kleine Party! Genau das hatte er befürchtet.

Und weil am anderen Ende enttäuschtes Schweigen herrschte, fügte er hinzu: »Vielleicht morgen, ja? Ich lad dich ein. Morgen Abend, wenn es sich irgendwie einrichten lässt. Aber ich kann nichts versprechen. Die Ermittlung läuft, du weißt, wie das ist ...«

»Jaja, natürlich.« Sie seufzte resigniert, aber er spürte, dass sie versöhnt war.

»Ich ruf dich morgen Nachmittag an, da weiß ich mehr.« Er wollte ihr einfach noch etwas Freundliches sagen.

»Aber falls du es heute doch noch einrichten kannst ...« sagte sie hoffnungsvoll.

»Natürlich«, antwortete er ohne Überzeugung. »Dann komme ich.«

9

Es wurde später als drei Uhr, als er im Kommissariat ankam. Von Barden war am Berichtschreiben. Er hatte ein Händchen dafür. Seine Berichte waren kurz und präzise und er war einer der wenigen, der sich nicht davor drückte. Außerdem hatte er mehrmals bei Werner Sebald angerufen, aber das Handy war abgeschaltet.

Hoffmann sammelte alle, die gerade im Büro waren, zu einer kurzen Besprechung. Bevor sie sich an den Tisch setzten, nahm Reiche Hettich zur Seite: »Wie geht es Monika?«

»Der Fuß ist tatsächlich gebrochen«, sagte Hettich kauend. »Der Arzt meinte, eine Mittelfußfraktur komme verhältnismäßig oft vor.« Er grinste: »Sie wollte herkommen, aber sie kann kaum laufen. Der Chef hat gesagt, sie soll auf jeden Fall daheim bleiben.«

In der Runde wurde noch einmal zusammengefasst, was an Erkenntnissen bislang vorlag. Schubert war inzwischen mit der Auswertung von Sebalds Kontoauszügen beschäftigt, Schmidt durchforstete, nachdem es ihm mit Hilfe eines Spezialisten vom LKA gelungen war, das Passwort zu knacken, Sebalds Computer. Die neu zur Kommission hinzugekommene Kollegin Fehrholz sagte: »Ich hab nur kurz in die Akten schauen können.« Sie tippte auf den Schnellhefter vor ihr. »Ich frag mich, was könnten denn – rein theoretisch – die Motive der einzelnen Personen sein?«

»Bei Agnes Desch liegt das Motiv auf der Hand«, sagte

von Barden. »Nach der Scheidung hätte sie keinen Anspruch mehr aufs Erbe gehabt. So aber ist sie nach wie vor Sebalds Frau und muss sich das Erbe nur mit Werner Sebald teilen.«

»Und was ist mit diesem Thiedemann?«

»Thiedemann wirft Sebald Betrug vor. Seiner Meinung nach schuldet ihm der Uhrmacher noch Geld. Er hat ihm eine wertvolle Uhr für einen Appel und ein Ei abgeluchst und teuer weiterverkauft. Thiedemann gibt selbst zu, dass seine Wut an diesem Sonntag explodiert ist. Aber auch Sebald hatte offenbar genug von Thiedemanns manischer Verfolgung. Irgendwie ist die Situation eskaliert. An diesem Abend haben möglicherweise beide die Nerven verloren.«

»Und Lena Wehrle?«, fragte die Fehrholz. »Hat sie ein Motiv?«

Von Barden schüttelte den Kopf. »Nein. Jedenfalls keins, das auf den ersten Blick zu erkennen wäre. Ihr fällt die Lebensversicherung zu – von der sie vielleicht noch nicht einmal was weiß. So wie's aussieht, hatten die beiden eine gute Beziehung, also gab es für sie keinen Grund, ihn umzubringen. Sie leidet wirklich.«

»Ich glaub, Werner Sebald ist unser Mann«, schaltete sich Reiche ein. »Er hatte dauernd Streit mit seinem Stiefvater und immer ging es um Geld. Sein Tod macht ihn zu einem Mann ohne Geldsorgen. Seit zwei Tagen ist er wie vom Erdboden verschluckt.« Er wandte sich an den Kriminalrat. »Ich finde, wir sollten ihn zur Fahndung rausgeben.«

Hoffmann war skeptisch. »Mit Haftbefehl?« Er fuhr sich nachdenklich über seinen gepflegten Schnauzer. »Dafür haben wir zu wenig in der Hand. Damit kommen wir bei Geiger nicht durch. Und spätestens der Haftrichter lässt den Mann wieder laufen.«

»Vielleicht gibt es ja auch einen Unbekannten, einen, der in unseren Ermittlungen überhaupt noch nicht aufgetaucht ist.« Oberkommissar Schmidt war der bedächtigste – manche sagten auch: der langsamste – von ihnen. Aber er war ein erfahrener Mann, der schon mehr als einmal mit seiner Hartnäckigkeit die richtige Spur gefunden hatte. »Vielleicht war diese ganze Tat ein Zufall«, fuhr er fort, »einer taucht auf, nutzt die Gunst der Stunde, bricht ein, wird erwischt … Vielleicht haben wir seine Spur noch gar nicht aufgenommen.«

»Am Ende besteht sogar eine Verbindung zwischen dem Einbruch vor vier Jahren und dem Mord«, meldete sich Schubert.

»Gut, wir können ruhig ein bisschen Phantasie entwickeln. Aber gleichzeitig müssen wir weiter von den Fakten ausgehen und von da weitermachen.« Hoffmann schaute auf den mit seiner winzigen Handschrift bedeckten Zettel. »Also: noch mal das Umfeld durchforsten, und auch die Nachbarschaftsbefragung wieder aufnehmen. Vor allem: die Alibis überprüfen. Die Handy- und Telefonauswertung – da sind wir dabei, da gibt es noch keinen Anhaltspunkt. Und von der KTU liegen auch keine neuen Erkenntnisse vor. Die Presse steht bei mir schon auf der Matte. Können wir über die Zeitungen irgendwelche genauen Fragen stellen, die uns weiterhelfen?«

Es war eine rhetorische Frage, er wusste es. Was hätten sie

auch – außer nach den berühmten *sachdienlichen Hinweisen* – fragen können? Sie tappten ja noch völlig im Dunkeln.

Reiche ging an seinen Schreibtisch und fuhr den PC hoch. Er lud sich herunter, was Schubert bisher an Informationen zusammengetragen hatte, und las das Ganze noch einmal durch. Er machte sich Notizen für die Akte und ging dann zu von Barden, der vor sich einen Stadtplan ausgebreitet hatte.

»Ich dachte, ich schau mir mal Sebalds Umgebung von oben an«, sagte er, als er Reiches fragenden Blick sah.

»Und, ist dir was aufgefallen?«

Von Barden zuckte mit den Schultern. »Eigentlich nicht. Nur, dass Sebalds Straße ziemlich nah am Zubringer zur Autobahn liegt.«

»Das wusste ich auch so«, brummte Reiche. »Kommst du? Ich will mir mal Sebalds Büro anschauen.«

»Das ist noch versiegelt.«

Sie holten sich bei der Kriminaltechnik die Schlüssel für Sebalds Haus und bekamen auch Siegelstreifen und Latexhandschuhe und Überzieher für die Schuhe.

Als sie dann vor dem Haus standen, schien es Reiche, als sei es ein ganz anderes Gebäude als das, was sie erst vor wenigen Stunden gesehen hatten. Es sah so friedlich aus, so harmlos und normal.

Für ihn war es wichtig, noch einmal einen Eindruck vom unmittelbaren Tatort zu bekommen. So instruktiv die Videoaufnahmen der Kriminaltechnik waren – er musste sich ein eigenes Bild vom Ort des Geschehens machen. Oft genug entdeckte Reiche irgendwelche Kleinigkeiten, wenn er selbst am Tatort war, einen Fingerzeig, der sich für die weiteren Ermittlungen als nützlich erwies.

Durch den Film, den er vom Laden und vom Büro gesehen hatte, kamen ihm die Räume fast schon vertraut vor. Allerdings überraschte ihn die Größe des Kachelofens im hinteren Teil des Verkaufsraumes, der auf dem Video nur flüchtig aufgetaucht war.

Sie gingen, Überzieher an den Schuhen und Handschuhe an, langsam und vorsichtig durch die Räume. Es war ganz still, nur eine der beiden Pendulen in der Nähe des Ladeneingangs tickte. Es war ein schönes, elegantes Exemplar, wohl ähnlich dem, das Sebald Thiedemann seinerzeit abgekauft hatte.

Die Kuckucksuhr mit dem Vogel am Draht lag noch auf dem Boden, das Holz der Frontseite war von dem eingeschlagenen Projektil zersplittert, das Zifferblatt eingerissen, als habe es jemand mit dem Messer aufgeschlitzt. Die Tannenzapfengewichte, verwickelt in ihre Ketten, hatte es an die Wand geschleudert.

Als Reiche sich über die Uhr beugte, um sie näher in Augenschein zu nehmen, trat von Barden dazu. Er deutete auf den Boden. »Was mich wundert, ist, dass Sebald in seinem edlen Uhrensortiment so eine billige Kuckucksuhr hat.«

Reiche richtete sich auf. »Von wegen billig. Das ist eine echte Bahnhäusleuhr. Ein klassisches Stück. Die ist was wert.«

»Wieso Bahnhäusle, ich denk, es ist eine Kuckucksuhr.«

»Schau dir das Gehäuse an, es ist einem alten Eisenbahnhäusle nachgebildet. Ich schätz', das Stück ist mindestens hundert Jahre alt.«

Von Bardens Augenbraue bewegte sich nach oben. »Und woher weißt du das alles?«

Reiche schmunzelte. »Ich bin aus'm Schwarzwald. Da weiß man so was.« Als er von Bardens Gesicht sah, fügte er hinzu: »Mein Großonkel war Lackschildermaler. Ich hab ihn als Kind oft besucht.«

Von Barden wollte fragen, was ein Lackschildermaler war, aber da Reiche schon weiterging, ließ er es.

Sie gingen vom Laden die drei Treppen hoch ins Büro. Der Laden, das Büro – die Räume wirkten wie erstarrt, als sei die Zeit stehen geblieben, als hätte sich hier alles Leben zurückgezogen.

Im Büro machte von Barden den Kommissar auf einen einsamen Nagel aufmerksam, der an der rechten Wand neben dem Schreibtisch in Mannshöhe eingeschlagen war.

»Warum schlägt man einen Nagel in die Wand?«, fragte von Barden.

Reiche sah sich die Stelle näher an. »Um was aufzuhängen.«

»Und warum hängt da nichts?«

»Man hat es weggenommen.«

»Ein Bild, eine Wanduhr?«

Der Kommissar schüttelte den Kopf. »Für eine Wanduhr ist der Nagel zu klein.«

Sie gingen in Sebalds Wohnung hoch. Merkwürdigerweise wirkte die Wohnung, als sei der Hausherr nur zum Brötchenholen gegangen. In der Küche leuchtete noch das Lämpchen an der Kaffeemaschine. Im Brotkorb lag eine

Scheibe Brot und trocknete vor sich hin. Mit leisem Brummen lud sich der vergilbte, schon in die Jahre gekommene Kühlschrank auf.

Die Wohnung war groß für eine einzelne Person. Es war offensichtlich, dass hier jemand regelmäßig sauber machte. Reiche bezweifelte, dass das der Hausherr selbst gewesen war. Überall, außer in der Küche, gab es Parkettfußböden, auf denen Perserteppiche lagen. Das Wohnzimmer wurde beherrscht von schweren Vorhängen und noch schwereren Polstermöbeln. Reiche fiel eine alte, offenbar antike Schubladenkommode mit Messingbeschlägen auf. Sie erinnerte ihn an das Interieur aus seinem Traum, an das Schaufenster, in dem sein Vater herumgetapst war.

In Sebalds Privatbereich gab es zwar den üblichen Flachbildfernseher und eine aufwändige Stereoanlage, aber keinen PC. Im Schlafzimmer, das überraschend modern eingerichtet war, hing ein großes expressionistisches Bild an der Wand.

Reiche ging durch die Zimmer, ohne nach etwas Bestimmtem zu suchen. Er rührte nichts an, nur das Brillenetui über der Tageszeitung schob er zur Seite, um das Datum lesen zu können. Die Zeitung stammte vom vergangenen Samstag. Es gab bis jetzt keine Hinweise, die in der Wohnung eine große Suchaktion notwendig gemacht hätten. Dem Kommissar kam es darauf an, sich ein Bild von Eberhard Sebald zu machen. Wie hatte er gelebt? Was sagte seine Umgebung über ihn aus? Gab es etwas äußerlich Auffallendes?

Von Barden trat im Wohnzimmer ans Fenster und schaute hinaus. »Man hat von hier einen guten Blick die ganze Straße hinunter.«

»Und sieht, wer auf den Laden zugeht«, bemerkte Reiche.

»Du meinst, Sebald war vielleicht gar nicht im Laden, als der Mörder kam?«

Reiche schob ein Stück den Vorhang beiseite. »Könnte doch sein, dass er für einen Moment nach oben in die Wohnung gegangen ist, um was zu holen.«

»Oder in Sicherheit zu bringen.«

Die beiden sahen sich an und fingen an zu lachen. »Vielleicht ist er aber auch grad in den Keller gegangen«, frotzelte von Barden.

»Weil die Waschmaschine lief.« Reiche grinste. »Apropos: War die Waschmaschine denn eingeschaltet?«

Von Barden verdrehte die Augen. »Das müssen wir noch überprüfen.«

In diesem Moment hörten sie ein Geräusch. Es hörte sich an, als werde über ihnen ein Stuhl gerückt.

Sie erstarrten. Von Barden griff zu seiner Waffe im Schulterhalfter. Er trug fast immer die Dienstpistole bei sich, während Reiche seine nur selten bei sich hatte.

»Werner?«, murmelte Reiche.

Von Barden zuckte mit den Schultern.

Sie verließen, jedes Geräusch vermeidend, die Wohnung und stiegen die Treppe hoch zu Werner Sebalds Mansarde.

10

Von Barden hielt, verdeckt vom Jackett, die Waffe in der Hand. Reiche klingelte. Es geschah nichts. Als Reiche ein zweites Mal ausdauernd auf den Knopf drückte, hörten sie hinter der Glastür Poltern und dann Schritte im Flur.

»Wer ist da?«

»Polizei.«

Die Tür wurde geöffnet und gleichzeitig schlug ihnen eine Wolke kalten Zigarettenrauchs entgegen.

»Sind Sie Werner Sebald?«

Der Mann nickte. Er hatte eine beigefarbene Strickjacke an, die einmal teuer gewesen sein musste, jetzt aber ausgebeult und abgetragen war, braune Cordhosen und ein schieferfarbenes Hemd. Auffallend an dem Mann war sein dichtes, lockiges Haar, das bis zum Kragen reichte, und die wuchtige Brille mit den fingerdicken Gläsern. Merkwürdig gebeugt stand er in der Tür, als habe ihm jemand einen Schlag versetzt, und sog an einer Zigarette, die fast bis zum Filter heruntergeraucht war.

»Wir haben ein paar Fragen an Sie. Dürfen wir reinkommen?«

Werner drehte sich wortlos um und ging voraus. Von Barden steckte seine Pistole wieder in den Halfter.

Es herrschte ein höhlenartiges Halbdunkel, denn vor dem breiten Mansardenfenster war der Vorhang nur halb zurückgezogen. Dafür brannte in der Ecke neben der Couch eine altmodische Stehlampe.

Das Wohnzimmer war geräumig, wurde aber an der Längsseite durch die Dachschräge begrenzt. Sebald machte keinerlei Anstalten, die Kommissare zum Sitzen aufzufordern. Die beiden altmodischen Sessel vor dem Couchtisch waren auch völlig mit Kleidungsstücken belegt.

Sebald selbst setzte sich in die Mitte des Sofas, auf dem, verstreut über das Polster, haufenweise Comic-Hefte lagen. Auf dem Tischchen vor dem Sofa, neben dem Aschenbecher und zwei Zigarettenschachteln, waren drei leere Pizzakartons aufeinander gestellt. Sebald drückte den Zigarettenstummel auf dem Unterteller einer Kaffeetasse aus, da der Aschenbecher bereits überquoll.

Reiche stellte sich hinter einen der Sessel und stützte seine Arme auf der Lehne ab. »Wo waren Sie am Sonntagabend?«

Sebald fingerte aus der Schachtel eine neue Zigarette und zündete sie an. Nachdem er tief inhaliert hatte, schlug er die Beine übereinander und lehnte sich auf dem Sofa zurück. »In Karlsruhe. Ich hab eine Freundin besucht.«

»Wir haben versucht, Sie zu erreichen. Seit wann sind Sie wieder hier?«

»Seit zwei Stunden.«

Reiche fixierte sein Gegenüber. »Sie wissen, was passiert ist.«

Sebald nahm einen weiteren Zug aus der Zigarette und nebelte sich und sein Gegenüber völlig ein. »Ich hab die versiegelten Türen gesehen und Lena angerufen.« Er griff an den Bügel seiner Brille und ruckelte daran.

Reiche wedelte mit der Hand den Rauch von seinem Gesicht. »Sie sind nicht auf die Idee gekommen, die Polizei anzurufen?«

»Auf die Idee bin ich schon gekommen.« Sebald hustete und hielt dabei die Zigarette von sich, als wolle er sie schützen. »Aber dann hab ich doch lieber die Wehrle angerufen.«

Jetzt mischte sich von Barden ein, der sich in die Nähe des Fensters begeben hatte in der Hoffnung, hier frischer Luft näher zu sein. »Ihr Handy war die ganze Zeit abgeschaltet.«

Sebald lächelte nachsichtig. »Ist das verboten?«

»Wann haben Sie am Sonntag das Haus verlassen?«, wollte Reiche wissen.

»So gegen sechs, kann auch sieben gewesen sein.«

»Und da sind Sie nach Karlsruhe gefahren?«

»Ja.«

»Haben Sie am Sonntag, bevor Sie gefahren sind, Ihren Stiefvater gesprochen?«

»Nein.«

»Ist Ihnen irgendetwas aufgefallen?«

Sebald schnippte die Asche von der Zigarette. »Was hätte mir auffallen sollen?«

»Ob zum Beispiel Herr Sebald Besuch hatte.«

»Keine Ahnung. Da achte ich nicht drauf. Das krieg ich normalerweise auch nicht mit.«

Von Barden konnte nicht anders – er öffnete einen Spalt das Fenster. »Wann haben Sie Ihren Stiefvater zum letzten Mal gesehen?«

»He!« Sebald hob fuchtelnd den Arm. »Lassen Sie das Fenster zu, es zieht!«

Von Barden kümmerte sich nicht darum und wiederholte seine Frage. »Wann haben Sie Ihren Stiefvater zum letzten Mal gesehen?«

Sebald griff wieder an seine Brille und bewegte den Bügel, offenbar war das eine Marotte von ihm. »Am Samstag. Da ist er mit Lena zum Auto. Meist fahren sie zum Einkaufen in den Supermarkt.«

»Hatten Sie in letzter Zeit Streit mit Ihrem Stiefvater?«

»Hören Sie mal, was soll das, ist das ein Verhör?« Er rutschte unruhig auf seinem Sitz hin und her.

»Beantworten Sie einfach meine Frage«, sagte Reiche. Er rieb sich die Augen, die zu brennen begannen.

»Nein, mach ich nicht. Und jetzt bitte ich Sie, zu gehen.« Er sah Reiche herausfordernd an: Durch die starken Gläser wirkten seine Augen unnatürlich groß und froschhaft.

Reiche tat, als habe er nichts gehört. »Herr Sebald, können Sie mit einer Pistole umgehen?«

»Waren Sie beim Bund?«, ergänzte von Barden.

Sebald schüttelte den Kopf; antworten konnte er nicht, da er von einem heftigen Hustenanfall geschüttelt wurde.

»Sie werden Ihren Stiefvater identifizieren müssen.«

Sebald wischte sich mit einem Taschentuch den Mund ab und nahm die Zigarette, die er in der Untertasse abgelegt hatte, wieder in die Hand. »Das soll die Desch machen. Schließlich ist es ihr Mann.«

»Sie hatten kein besonders gutes Verhältnis zu Ihrem Stiefvater«, stellte Reiche fest.

Sebald antwortete nicht gleich. Er sog kurz an seinem Glimmstängel und als er antwortete, strudelte der Rauch aus seinem Mund. »Wir waren nicht grad ein Herz und eine Seele, wenn Sie das meinen.«

Von Barden hatte sein Notizbuch aufgeschlagen und den Stift in der Hand. »Wie war gleich der Name der Freundin, die Sie in Karlsruhe besucht haben?«

Sebald reagierte mit feindseligem Schweigen.

»Sie sagten«, fuhr von Barden unbeirrt fort, »Sie hätten eine Freundin in Karlsruhe besucht. Es geht um Ihr Alibi, Herr Sebald! Also: Wie ist der Name Ihrer Freundin, wir brauchen ihre Adresse.«

Er hielt sich wieder an seiner Brille fest. »Das ist meine Privatsache.«

Reiche beugte sich, die Hände an der Sessellehne, vor. »Mir scheint, Ihnen ist nicht klar, um was es hier geht«, sagte er ernst. »Wir ermitteln in einem Mordfall, da gibt es keine Privatsachen.«

»Also noch mal: Wo waren Sie am Sonntag zwischen 21 und 24 Uhr?«, fragte von Barden mit erhobener Stimme.

Nach einer Weile sagte Sebald: »Die Frau heißt Corinna, ihren Nachnamen weiß ich nicht.«

»Moment mal, Sie wissen …«

Reiche hatte schon geschaltet. Er glaubte, Werner Sebald richtig einzuschätzen. Das war kein Mann, den eine Frau, nachdem er sie im Café angesprochen hatte, mit nach Hause nahm. »Sie wollen sagen, Sie waren in Karlsruhe im Bordell.«

Werner gab sich empört. »Nicht im Bordell. Was denken Sie!«

»Wo dann?«

»Ich hab Corinna über eine Zeitungsanzeige kennen gelernt.«

»Was für eine Art von Anzeige? Eine normale Kontaktanzeige oder eine von diesen ...«, Reiche zögerte kurz, »... anderen?«

»Jedenfalls keine unter ›Herzenswünsche‹«, meinte Sebald verächtlich.

Einzelheiten wollte der Kommissar gar nicht wissen. »Na gut. Wenn Sie bei ihr waren, wissen Sie auch ihre Adresse. Die Dame wird uns sagen, von wann bis wann Sie sich bei ihr aufgehalten haben.«

»Und wie soll das gehen?«

»Wir werden Sie der Dame gegenüberstellen.«

Sebald drückte mit fahrigen Bewegungen die Zigarette aus. Seine Unsicherheit und Unruhe waren unverkennbar.

»Oder gibt es keine Corinna?«, fragte Reiche.

»Waren Sie gar nicht in Karlsruhe?«, ergänzte von Barden.

»Mein Gott, was für Fragen!« Sebald warf theatralisch die Arme hoch. »Das ist doch lächerlich.«

»Sie wohnen mit Ihrem Stiefvater unter einem Dach. Sie haben Streit mit ihm. Ihr Stiefvater wird erschossen und in derselben Nacht verschwinden Sie«, zählte von Barden auf. »Wir fragen nach Ihrem Alibi und Sie nennen das Ganze lächerlich?«

Sebald senkte den Kopf, als würde er auf dem Sofa zusammensacken. »Ich bin einfach noch zu sehr durcheinander«, sagte er mit tonloser Stimme. Und fügte hinzu: »Eberhard ist tot.«

Er spielt uns jetzt den trauernden Sohn vor, der Mitgefühl einfordert, dachte Reiche. »Am Sonntag haben Sie, wie Sie sagen, das Haus verlassen. Heute ist Dienstag. Sie waren zwei Tage weg.«

»Zwei Tage bei Corinna?«, wollte von Barden wissen. »Das muss doch ein Vermögen gekostet haben. Haben Sie denn soviel Geld?«

Sebald griff nach einer neuen Zigarette. »Wir kennen uns eben privat«, murmelte er.

»Um so besser. Dann rufen Sie sie jetzt an und sagen ihr, was passiert ist und um was es geht.«

»Ich hab ihre Nummer nicht.«

»Also – Sie haben in Karlsruhe ein Callgirl über eine Zeitungsanzeige kennen gelernt und besucht – und nun behaupten Sie, Sie wüssten ihre Telefonnummer nicht?« Von Bardens Augenbraue bewegte sich steil nach oben.

»Finden Sie nicht, dass Sie uns ein bisschen viel zumuten?«, fragte Reiche.

Sebald sog gierig an seiner Zigarette. Der Raum war inzwischen völlig eingenebelt. »Ich hab mit dem Mord an Eberhard nichts zu tun, das müssen Sie mir glauben!«

Reiche trat vom Sessel zurück und stellte sich dicht an Sebalds Couch. »Sie kommen morgen ins Kommissariat – wir brauchen Ihre Fingerabdrücke und eine Speichelprobe. Außerdem müssen wir Ihre Aussage protokollieren, und wir machen ein Foto von Ihnen, um das Alibi mit Ihrer Freundin zu klären – wie heißt sie gleich?«

Sebald schluckte und hustete. »Corinna.«

Von Barden klappte sein Notizbuch zu und schloss das Fenster.

Als sie die Treppe hinuntergingen, meinte er zu Reiche: »Ich war kurz vorm Ersticken.« Er hustete. »Warum hast du abgebrochen? Er lügt wie gedruckt. Und er ist total unsicher. Er stand mit dem Rücken zur Wand.«

Der Kommissar drehte sich zu ihm um. »Eben. Er soll ruhig ein bisschen schmoren.«

»Und wenn er abhaut?«

»Glaub ich nicht. So einen wie ihn hätten wir schnell wieder. Und dann wäre die Sache klar.«

»Für mich …« begann von Barden.

Reiche unterbrach ihn. »Vielleicht stimmt sein Alibi ja.«

»Aber nur vielleicht«, sagte von Barden so leise, dass es Reiche nicht hörte.

11

Im Kommissariat kam ihnen Wiedfeld entgegen. »Ich hab was für euch.«

Sie gingen an Reiches Schreibtisch und der Kriminaltechniker legte ein Foto vor sie hin. Zu sehen waren zwei platte Autoreifen.

Reiche und von Barden schauten Wiedfeld fragend an.

»Wir haben uns den Wagen erst heute Vormittag vorgenommen«, sagte Wiedfeld entschuldigend. »Vorher war einfach noch keine Zeit. Es ist Sebalds Wagen.«

»Du meinst Eberhard Sebalds Wagen?«

»Ja. Beide Hinterreifen sind platt. Jemand hat reingestochen.« Seine große haarige Hand tippte auf das Foto.

Reiche schaute sich die Aufnahme noch einmal an. »Man sieht sogar die Einstiche.«

Wiedfeld nickte. »Da wollte jemand ganz sicher gehen.«

In diesem Moment klingelte Reiches Handy.

»Ja?«

»Spreche ich mit Hauptkommissar Paul Reiche?«

»Ja ?«

»Hier ist Polizeiobermeister Burkhart …«

Es war Stimmengewirr im Hintergrund zu hören und Reiche vernahm die protestierende Stimme seines Vaters: »Des habbe die mir gschenkt!«

Offenbar wurde dem Polizeiobermeister das Telefon weggenommen, denn nun meldete sich die Gabelsbergerin, die Betreuerin von Josef Reiche, in ihrer lauten, poltrigen

Art: »Herr Reiche? Hier ist Irene Gabelsberger. Mir werre hier festghalte, im Supermarkt in der Eichstraß, der Hausdetektiv hat…«

»Die habbe mir des in d'Tasch nei gschobe!«, ließ sich wieder Josef Reiches Stimme vernehmen.

»Der Hausdetektiv hat Ihrn Vadder mit Waren entdeckt, die er net bezahlt hat – noch net bezahlt …«

Eine männliche Stimme im Hintergrund mischte sich ein: »So geht's ja nicht, liebe Frau! Die Taschen Ihres Vaters …«

»Er is net mei Vadder!«, sagte die Gabelsbergerin mit Nachdruck. »Herr Reiche«, sagte sie ins Telefon, »am besten, Sie komme her, die wolle Anzeige erstatte …«

Reiche sagte: »Geben Sie mir den Filialleiter.«

Wieder die Stimme seines Vaters, der »Des ware die!« rief, dann meldete sich der Filialleiter: »Ebner.«

»Hören Sie, Herr Ebner, selbstverständlich ersetze ich den Betrag, falls mein Vater …«

»Ich hab da meine Vorschriften«, unterbrach ihn Herr Ebner. »Was glauben Sie, was ich alles schon für Ausreden gehört habe. Das ist Warendiebstahl, da haben wir keinen Spielraum.«

»Dann warten Sie wenigstens – ich bin in zehn Minuten bei Ihnen.«

»Aber ich sag Ihnen gleich, ich lass mich auf nichts ein.« Man hörte ein Rascheln, dann fuhr der Mann fort: »Das sind Waren im Wert von insgesamt 39 Euro …«

»Bis gleich!«, sagte Reiche sehr bestimmt, drückte das Gespräch weg und überlegte, was sein Vater für 39 Euro in den ausgebeulten Taschen seiner Strickjacke wohl untergebracht haben mochte.

Herr Ebner war ein hagerer Mann mit einem knochigen Gesicht, der Reiche an seinen früheren Mathematiklehrer erinnerte. In seinem schmalen Büro standen sie auf engstem Raum beisammen: der Filialleiter, die Gabelsbergerin, die vor Aufregung unaufhörlich ihre Lippen leckte, Josef Reiche, der Warenhausdieb, und Reiche. Polizeiobermeister Burkhart war inzwischen gegangen, da es für ihn nichts mehr zu tun gab.

Auf Ebners Schreibtisch lag das Diebesgut: ein Schaumfestiger, ein Bratenthermometer und ein Päckchen Damenstrumpfhosen. Außerdem war an die Eingangstür des Büros der Einkaufswagen der Gabelsbergerin geschoben, gefüllt mit den Waren, die Josefs Betreuerin ordnungsgemäß bezahlt hatte.

Reiche sah, dass sein Vater die alte, unvermeidliche Strickjacke anhatte, aber auch eine Baseballkappe in den Händen hielt, und er vermutete, dass er das Gestohlene in der Mütze nach draußen hatte transportieren wollen. Im Übrigen verhielt sich Josef ihm gegenüber wie immer, das heißt, er schenkte Pauls Anwesenheit keinerlei Aufmerksamkeit.

Filialleiter Ebner erwies sich dann doch als umgänglicher, als er sich am Telefon gegeben hatte. Es gelang Reiche, ihn zum Einlenken zu bewegen und von einer Anzeige abzusehen. Reiche sagte, sein Vater habe sich bis jetzt noch nie etwas zuschulden kommen lassen, und, näher an Ebner hintretend, flüsterte er: »Ich bitt Sie, er ist ein alter, verwirrter

Mann, mit dem Geklauten kann er doch gar nichts anfangen.«

Josef Reiche, der an der Tür stand und die Verhandlungen misstrauisch verfolgte, rief: »Glaub denne bloß nix! Die habbe mir's selber gebbe!« Reiche wollte wissen, ob dem Geschäft irgendwelche *Kosten* entstanden seien, immerhin bekam der Detektiv ja Prämien für jeden erwischten Dieb, aber nach kurzem Zögern winkte Ebner ab. Auch von einer Spende für die Kaffeekasse wollte er nichts wissen. Reiche schüttelte dem Mann mit aufrichtigem Dank die Hand.

Sie schoben den Einkaufswagen nach draußen, wobei Josef vermied Paul anzusehen, entweder aus Gewohnheit oder aus schlechtem Gewissen. Die Gabelsbergerin öffnete die Hecktür ihres alten Fiesta und wies Josef an, die Waren in die zwei Klappkisten umzuladen. Der alte Mann machte sich mit Eifer an die Arbeit. Das Vorgefallene schien ihn nicht weiter zu beunruhigen, vielleicht hatte er es schon wieder vergessen.

Die Gabelsbergerin nahm Reiche beiseite und erzählte – immer wieder vor Aufregung die Lippen leckend –, dass das jetzt schon das dritte Mal sei, dass Josef Waren habe mitgehen lassen. Die ersten beiden Male habe sie es rechtzeitig entdeckt und Schlimmes verhindern können, aber dieses Mal habe er auch sie ausgetrickst. Im Gegensatz zu den anderen Gästen von Haus Abendschön helfe Josef gern im Haus mit, habe sich auch zu den Einkaufsfahrten immer gemeldet; bis vor kurzem sei das auch kein Problem gewesen.

Reiche überlegte, ob er seinen Vater auf das, was sich

eben abgespielt hatte, ansprechen sollte. Aber er vermutete, dass der Alte nicht wirklich begriff, um was es ging. Sollte er Josef Vorwürfe machen? Würde er sie überhaupt verstehen? Ihr Verhältnis war schon immer schwierig gewesen. Reiche hatte schon als Kind das Gefühl gehabt, von seinem Vater nicht wirklich wahrgenommen zu werden; als sei er nur ein entfernter Verwandter von ihm.

Als seine Mutter starb – da war Paul gerade mal sieben – nahm sich Ingrid seiner an, die große Schwester, die zehn Jahre älter war. Sie führte ihrem Vater den Haushalt und war Paul so etwas wie eine Ersatzmutter.

Während Reiche mit der Gabelsbergerin sprach, sah er hinüber zu seinem Vater. Es rührte Paul, wie er den Alten so dastehen sah – ein magerer, von der Arbeit ausgelaugter alter Mann in abgewetzten Hosen, einem verwaschenen Hemd, dessen Kragen sich aufrollte, einer ausgeleierten Strickjacke und Schuhen mit schief gelaufenen Absätzen. Unrasiert wie er war, die verknitterte alte Baseballmütze auf dem Kopf, sah er aus wie ein Penner. Es gab ihm einen Stich zu sehen, wie Josef herumlief.

Wir müssen ihm unbedingt etwas zum Anziehen kaufen, dachte Reiche. Aber er wusste, es würde schwierig werden. Sein Vater hing an den alten Sachen. Neue Kleider waren ihm generell »zu teuer«. Es würde ein harter Kampf werden. Deshalb musste Ingrid mit. Sie war die einzige, von der sich der Alte etwas sagen ließ.

Sie gingen zum Wagen zurück und während die Gabelsbergerin die Heckklappe schloss, half Reiche seinem Vater beim Einsteigen. Josef schaute überrascht auf die Hand, die ihn da am Arm stützte und dann hoch zu Paul. Reiche glaubte so etwas wie Verlegenheit im Gesicht seines Vaters zu sehen. »Die habbe mir die Sache geschenkt«, murmelte er und zog die Tür zu.

12

Als Reiche wieder in seinem Wagen saß, überlegte er, ob er noch einmal ins Kommissariat fahren sollte. Inzwischen war es sieben Uhr und er fühlte sich müde. Eigentlich hätte er jetzt Ingrid anrufen und ihr Bericht erstatten sollen. Aber auch dafür fehlte ihm die Kraft. Am liebsten hätte er jetzt Doris gesehen. Aber die feierte mit ihren Freunden Geburtstag.

Reiche kam sich verloren vor. Er kannte das Gefühl. Es war ihm vertraut seit Kindertagen. Plötzlich war niemand da. Für seinen Vater war er ein Fremder, Ingrid war weit weg, Doris feierte. Es gab keine Familie mehr. Die eigene Familie war ein Wunsch geblieben.

Reiche dachte, dass er eigentlich von Barden anrufen müsste und fragen, ob inzwischen Genaueres über die zerstochenen Reifen herausgefunden worden war. Er ließ es. Er überlegte, ob er vielleicht nicht doch zu der Geburtstags-Party seiner Exfrau gehen sollte. Aber schon die Vorstellung, jetzt mit den anderen Gästen Smalltalk machen zu müssen, ließ ihn erschaudern.

Doch auch die Vorstellung, jetzt in seine Wohnung zu gehen, weckte keine große Begeisterung in ihm. Er wusste ja, was ihn erwartete: ein Provisorium. Da lag seit Monaten der Vorhang, den er für die vorderen Fenster hatte nähen lassen, über dem zweiten Sessel – er hatte es immer noch nicht geschafft, ihn aufzuhängen. Im Flur brannte die Birne seit mindestens einem Jahr nicht mehr – er musste im Bad Licht anmachen und die Tür auflassen, wenn er im Gang etwas sehen wollte. Die Staubflocken in den Ecken sah er durchaus, aber den Staubsauger in die Hand zu nehmen, kam ihm dennoch nicht in den Sinn. Dabei fühlte sich Reiche in dieser Nachlässigkeit keineswegs wohl – sie war auch nicht typisch für ihn. Nur schien sie ihm im Moment nicht auflösbar. Irgendetwas musste geschehen – er hatte keine Ahnung was – damit er in dieser Wohnung wirklich Fuß fassen konnte.

Der einzige Ruhepol im großen Zimmer war der Petrus. Wenn er in diesem altmodischen Sessel-Ungetüm saß, fühlte er sich wohl. Er war die Insel, auf die er sich immer wieder zurückzog.

Auch jetzt, zu Hause angekommen, ließ er sich mit einer Flasche Bier in den Sessel fallen. Er drückte sich die Schuhe von den Fersen, öffnete die Flasche und nahm einen langen, gierigen Schluck. Und da war dann zu seiner Überraschung auch der »Fall« wieder da. Irgendjemand hatte in Sebalds Autoreifen gestochen. Das war eine Tat, die Planung und Kraft erforderte. Einen Autoreifen platt zu machen, funktioniert nicht mit der Nagelfeile. Die Frage war, stand diese Aktion in Zusammenhang mit dem Mord – oder nicht. War es ein selbständiger Racheakt? Wer so etwas machte, wollte dem Besitzer einen Denkzettel verpassen. Aber warum sollte sich der Mörder die Mühe machen, das Auto seines Opfers zu demolieren?

Wenn es nicht Sebalds Mörder getan hatte, wer dann? Und vor allem: warum? Auf den ersten Blick hatte der Uhrmacher das ruhige Leben eines Biedermanns geführt. Doch auf den zweiten Blick schien es mit der Ruhe nicht weit her gewesen zu sein. Hinter der Fassade des korrekten Uhrmachers musste es ein paar unschöne Flecken geben.

Reiche ging die Namen möglicher Täter durch. Vielleicht hatte ja sogar Werner Sebald zugestochen. Oder Packo Thiedemann, nachdem ihn Eberhard Sebald bis aufs Blut gereizt und dann rausgeschmissen hatte. Oder eben doch ein Unbekannter, der mit dem Uhrmacher noch eine Rechnung offen hatte.

Bei der Besprechung im Kommissariat am nächsten Morgen spielte die Reifengeschichte keine große Rolle. Hoffmann war zwar der Meinung, dass der Sache nachgegangen werden musste, aber er warnte davor, sich auf ein Nebengleis locken zu lassen. Natürlich war nicht ausgeschlossen, dass es zwischen dem Zerstechen der Autoreifen und dem Mord eine Verbindung gab – für wahrscheinlich hielt der Kriminalrat es aber nicht.

Die Aufgaben wurden verteilt. Es galt festzustellen, wann Sebald sein Auto zuletzt benutzt hatte. Möglicherweise stand es schon seit Tagen auf den Felgen. Dazu sollte Lena Wehrle befragt werden. Dann mussten unter den neuen Gesichtspunkten die Telefonate, der Schriftverkehr und vor allem auch die Uhrenverkäufe Sebalds unter die Lupe genommen werden.

Kurz darauf erschien Werner Sebald auf dem Kommissariat, um Fingerabdrücke und Speichelprobe abzugeben. Er wurde fotografiert und die Kriminaltechnik erstellte eine Wahllichtbildvorlage. Reiche hatte die Überprüfung von

Sebalds Alibi übernommen. Er wollte sich persönlich ein Bild von der Zeugin und ihrer Glaubwürdigkeit machen. Außerdem konnte er sich, wenn er schon in Karlsruhe war, mit Ingrid treffen.

Er rief sie an und sie vereinbarten, zusammen Mittag zu essen. Dann rief er Corinna auf ihrem Handy an und sagte, um was es ging. Die Frau schien weder überrascht noch befremdet. Sie sei ab elf Uhr im »Studio«, um zwölf käme ein Kunde. Ihre Stimme war voll und angenehm.

Bevor er losfuhr, wählte er noch die Nummer seines alten Freundes Rudi Neuländer, der bei der Polizei in Karlsruhe die Treppen hochgefallen war. Sie sahen sich selten, waren aber auf eine nachgerade brüderliche Weise einander verbunden.

Als sich Reiche mit Namen gemeldet hatte, lachte Neuländer am anderen Ende der Leitung. »Was willst du schon wieder?«, fragte er übergangslos.

Reiche, der sich erinnerte, dass ihr letzter Kontakt mindestens ein Jahr zurücklag, lachte ebenfalls. »Ich geh dir ganz schön auf die Nerven, was?«

»Deine andauernden Telefonate!«, feixte Neuländer. »Im Schwarzwald ist wohl mal wieder die Hölle los …«

»Du sagst es.«

Neuländer wurde ernst. »Aber dir geht's gut?«

»Mehr oder weniger.«

»Und warum weniger?«

»Erzähl ich dir demnächst beim Bier.«

Eine kleine Pause entstand. »Wann haben wir unser letztes Bier zusammen getrunken, Paul?«, fragte Neuländer.

Reiche seufzte. »Du hast Recht. Aber …«

»Schon gut«, unterbrach ihn der andere. »Um was geht's?«

»Habt ihr was über eine Corinna? Ein so genanntes Model, du weißt schon.« Reiche nannte Namen und Adresse. »Wir müssen sie wegen eines Alibis befragen.«

»Sie benutzt eine Terminwohnung?«

»Nehme ich an.«

»Ich ruf dich gleich zurück.«

Die Frau, die ihm die Tür öffnete, war mittelgroß und zierlich, eine blonde Elfe mit einem glitzernden Nasenstecker. Reiche schätzte sie auf Mitte zwanzig. Sie trug einen sandfarbenen Hosenanzug; an der mit vielen Schnallen und kleinen Taschen besetzten Jacke waren die oberen Knöpfe offen und ließen eine gar nicht elfenhafte Oberweite erkennen. Neuländer hatte über die Dame Corinna nichts gefunden und aus irgendeinem Grund beruhigte Reiche das.

Er nannte seinen Namen und zeigte seinen Ausweis.

»Na, Sie sin ja superpünktlich«, sagte die Elfe mit einer überraschend kräftigen Stimme, nachdem sie den Kommissar mit einem neugierigen Blick gemustert hatte. »Dann komm Se man rinn.«

Es war nicht zu überhören, dass es hier eine waschechte Berlinerin ins Badische verschlagen hatte.

»Ick bin och erst'n paar Minuten da.«

Das Zimmer war sparsam eingerichtet, strahlte aber, vielleicht wegen der freundlichen Vorhänge, eine gewisse Behaglichkeit aus. Auf dem breiten Bett lag ein exotisch gemusterter, farbenfroher Überwurf.

»Setzn Se sich man, ick muss erstmal was trinkn. Sie och?«

»Ein Glas Wasser.« Reiche setzte sich in den schmalen Sessel, der vor dem niederen Couchtisch stand.

Corinna holte vom Regal Gläser, ging zum Kühlschrank, nahm eine Flasche Wasser heraus und griff sich aus dem Schränkchen, auf dem die kleine Stereoanlage stand, die Cognacflasche. Sie kam an den Tisch, stellte die Gläser ab, ging zurück zum Regal und brachte einen Aschenbecher. »Sie rochen? Nich? Hab ick mir jedacht. Aber manche Kunden qualmen, wa. Ich selber habs uffjejeben. Warn hartes Stück Arbeit, sar ick Ihnen.«

Während sie Reiche das Wasser und sich einen Schuss Cognac einschenkte, blies sie sich mit vorgeschobener Unterlippe die Ponyfransen aus der Stirn.

Sie setzte sich auf das Bett. »Na denn Prost!« Sie hob ihr Glas und schaute den Kommissar mit ihren himmelblauen Augen unbefangen an. In ihrem Blick war eine natürliche Offenheit, die Reiche bei einer Frau wie ihr nicht erwartet hatte. Überhaupt strahlte sie neben ihrer Kessheit auch etwas unverkennbar Naives aus. Reiche vermutete, dass sie noch nicht lange im Geschäft war.

Reiche sagte ihr, um was es ging. »Können Sie sich an den Mann, der Sonntagabend bei Ihnen war, erinnern?«

Sie drehte an einem der vielen Ringe, die sie an den Händen trug.

»Ja klar.«

»Ist er hier dabei?« Reiche begann Stück für Stück die Bilder auf den Tisch zu legen.

Beim fünften Bild sagte sie: »Dat is'er.«

Es war das Foto von Werner Sebald.

»Wat hat der Werner denn ausjefressen, dass sich en ausjewachsener Kommissar wegen det Alibi herbemüht?«

Reiche ging nicht auf ihre Frage ein. »War sein Besuch vorher vereinbart oder ist er spontan gekommen?«

Corinna nahm einen kräftigen Schluck Cognac, schüttelte dann den Kopf. »Nee, det jeht bei mir nur mit terminlicher Vereinbarung, wa.«

»Also Tage vorher?«

»Mestens een Tag vorher. Aber jut, et jibt auch mal ne Ausnahme.«

»Und wie war das bei Sebald?«

»Er hat am Samstag anjerufen. Da hat jemand abjesacht und da konnte ich ihm den Termin am Sonntag jeben. Ick war aber jarnich sicher, ob er auch kommt – et war ja Sturm.«

»Und er ist gekommen – am Sonntag?«

»Sicher.«

»Wann?«

Sie blies sich die Haare aus der Stirn. »Also of die Minute will ick mir nich festlejn, ich schätz so jejen acht, halb neun.«

»Und ist geblieben bis wann?«

»Bis elf, halb zwölf, würd ick mal saren.«

»Und er hat sich mit Namen gemeldet?«

»Na klar, er war ja nicht dat erste Mal hier.«

»Sondern?«

»Ick jlob, 's dritte Mal. Det erste Mal vor …« Sie schloss kurz die Augen. »Vier Wochen? Fünf Wochen?« Dann fügte sie hinzu: »Ick weeß ja nich, um wat et jeht – aber is er nu aus'm Schneider?«

13

Auf dem Weg zum Mittagessen mit Ingrid fragte sich Reiche, ob er nun enttäuscht sei. Die Dame Corinna hatte Werner Sebalds Alibi zweifelsfrei bestätigt. Rechnete man, dass Sebald für die Fahrt nach Karlsruhe mindestens eine Stunde gebraucht hatte, war er um sieben, halb acht losgefahren und nicht vor zwölf, wahrscheinlich sogar später zurückgekommen. Zu diesem Zeitpunkt war sein Stiefvater schon tot. Werner konnte also nicht der Täter sein.

Als er den Innenhof des Restaurants betrat, war Ingrid schon da. »Was machst du eigentlich in Karlsruhe?«, fragte sie ihren Bruder zur Begrüßung.

»Zeugenbefragung.« Er beugte sich vor, um ihr einen Kuss auf die Wange zu geben. Dabei legte ihm Ingrid für einen Moment die Hand auf den Unterarm, eine vertraute Geste, die bei Reiche sofort ein Gefühl der Wärme auslöste.

In dem kleinen Innenhof, der an drei Seiten von grün bewachsenen Mauern umgeben war, hatten die Steine die Wärme gespeichert, sodass es trotz der vorgerückten Jahreszeit noch angenehm war, im Freien zu sitzen. Es gab nur vier Tische und nur noch an einem saß ein älterer Herr und las Zeitung.

Von der Agentur für Arbeit (Reiche sagte nach wie vor Arbeitsamt), Ingrids Arbeitsstätte, erreichte man das Lokal in einer guten Viertelstunde zu Fuß. Reiche kannte Paolo, den Italiener, der hervorragend kochte. Er war ein kleiner quirliger Mann, der Gefallen daran fand, Reiche, der denselben Vornamen hatte, Paolo zu nennen. Als sie bestellten, kam aber nicht der Chef selbst, sondern seine immer etwas verhärmt wirkende Frau.

»Wo ist Paolo?«, fragte Reiche.

»Ist heim. Seine Mutter ist gestorben.«

»Das tut mir leid.«

Die Frau legte statt einer Antwort den Kopf schief und presste die Lippen zusammen. Anscheinend war das Verhältnis zwischen Schwiegermutter und Schwiegertochter nicht das Beste gewesen.

Während Ingrid in ihrer Tasche kramte (ein vertrautes Bild für Reiche, immer suchte sie etwas in ihrer Tasche), fragte sie: »Hat es etwas zu bedeuten, dass du nicht sagen willst, was dich nach Karlsruhe führt?«

»Hab ich doch schon gesagt, ich hab ein Alibi überprüft. Bei einem Model.« Und als Ingrid neugierig aufschaute, korrigierte er: »Bei einer Prostituierten.«

»In der Brunnenstraße?«

»Nein. Die Frau arbeitet in einer Terminwohnung in einem normalen Wohnblock.«

Der Kellner kam mit den Getränken. Ingrid brach eine Tablette aus der Folie und trank einen großen Schluck Wasser.

»Wieder Kopfschmerzen?«, fragte Reiche besorgt.

Sie nickte. »Geht schon.«

»Warst du mal beim Arzt?«

Sie lächelte gerührt. »Ach Brüderchen! Du weißt doch, Kopfschmerzen hab ich immer wieder mal.«

»Ja dann!«, murmelte Reiche resigniert. Er wusste, es hatte keinen Zweck weiter in sie zu dringen.

»Und – was macht deine Arbeit?«, fragte Reiche, um das Thema zu wechseln. Ingrid war während der Umbauphase des ehemaligen Arbeitsamtes als Schulungsleiterin viel unterwegs gewesen und hatte sich regelmäßig bei Paul darüber beklagt.

»Ich bin froh, dass ich als Bereichsleiterin wieder einen festen Schreibtisch hab. Ich hätte nicht gedacht, dass ich das mal vermisse.«

Während des Essens sprachen sie nicht. Das waren sie dem hervorragenden Vitello tonato und den Spaghetti carbonara schuldig. Als dann der Espresso kam, sagte Reiche: »Ich muss mit dir über Vater reden.«

Ingrid schaufelte zwei Löffel Zucker in ihre Tasse. »Ist was passiert?«

»Er ist im Supermarkt beim Klauen erwischt worden.«

Sie sah auf.

»Wie bitte?«

»Er hat geklaut. Einen Haarfestiger, ein Bratenthermometer und Strumpfhosen.«

»Unser Vater hat gestohlen?« Sie konnte es nicht glauben.

»Er begleitet die Gabelsbergerin manchmal, wenn die fürs Tagesheim einkauft. Er hat schon mal zugelangt, hat sie mir gesagt. Diesmal ist er erwischt worden. Die Geschäftsleitung hat die Polizei geholt. Der Kollege von der Streife hat mich angerufen.«

Ingrid fragte sofort: »Hast du die Sache in Ordnung bringen können?«

Reiche nickte. »Vater wird immer verwirrter. Wir müssen uns um ihn kümmern.«

Sie schwiegen eine Weile. Reiche kippte den Espresso in einem Zug hinunter. »Da ist noch was. Er braucht unbedingt eine neue Hose, ein neues Hemd und neue Schuhe. Er läuft richtig abgerissen rum.«

»Aber er hat doch genug Klamotten zu Hause!«

»Die zieht er nicht an, das weißt du. Außerdem sind die ebenfalls uralt und abgetragen.«

Reiche schaute seine Schwester an, die sich kurz die Schläfen massierte. Durch ihr volles braunes Haar zog sich, genau in der Stirnmitte, eine fingerbreite silberne Strähne. Ingrid war in ihrer Reife eine aparte Frau mit großen, ausdrucksvollen brauen Augen. Man sah ihrer Figur an, dass sie schon seit vielen Jahren Tennis spielte.

»Ich weiß nicht, ob's mir diese Woche noch langt«, sagte Ingrid. »Morgen hab ich versprochen, Hanne und Sascha zu besuchen.«

Hanne war Ingrids Tochter und in Pforzheim mit einem Lehrer verheiratet. Sascha war ihr Sohn. Wolfgang, der Mann, wurde nur im äußersten Notfall erwähnt, weil ihn weder Ingrid noch Reiche leiden konnten.

»Wie geht's Hanne?«

Reiches Nichte war Illustratorin und ihr berufliches Auf und Ab eine feste Größe in den Gesprächen von Paul und seiner Schwester.

»Sie bereitet gerade eine Ausstellung ihrer Bilder vor.« Ingrid nickte stolz.

»Und Sascha?«, fragte Reiche. Sascha war zwölf und – bis

jetzt – das einzige Kind von Hanne und Wolfgang Doldt.

Ingrid seufzte. »Er hat scheint's nur Fußball und Computer im Kopf.«

»Aber das ist doch normal in dem Alter, oder?« Reiche mochte Sascha, den er nur selten sah, der ihn aber in seiner gesunden Wildheit an die eigene Kindheit erinnerte.

Als sie sich verabschiedeten, sagte Ingrid und kniff ein Auge zusammen: »Hast du mal wieder was von Doris gehört?«

»Welcher Doris?«, fragte Reiche und grinste.

Auf der kleinen Nachmittagsbesprechung – einige Kollegen waren noch unterwegs – berichtete Reiche als erster von seinem Besuch bei der Dame Corinna. Er machte es kurz, es war nicht viel zu erzählen. Werner Sebald war Hauptverdächtiger gewesen: Er war nah am Tatort, er hatte ein Motiv, er lag im Streit mit seinem Stiefvater – aber er war zweifelsfrei nicht der Täter.

Hettich zuckte enttäuscht mit den Achseln.

Von Barden war noch einmal bei Lena Wehrle gewesen. Er hatte auf einen Hinweis spekuliert, darauf, dass sich am Ende doch eine Verbindung zeigte zwischen der Beschädigung des Wagens und dem Schuss auf seinen Besitzer. Er erfuhr von Lena Wehrle, dass Sebalds Auto schon längere Zeit unbenutzt gewesen sei, denn bei den letzten Einkaufsfahrten zum Supermarkt seien sie immer in Wehrles altem Polo gefahren. Und dass Sebalds Wagen einen Platten hatte, vielmehr, dass beide Hinterreifen durchstochen worden waren, davon wusste sie nichts und davon wusste sehr wahrscheinlich auch Eberhard nichts, sonst hätte er es ihr erzählt. Und, nein, seit sie Sebald kannte, sei etwas Derartiges noch nie vorgekommen.

Kommissar Hettich hatte Packo Thiedemann auf einer Baustelle ausfindig gemacht. Was denn jetzt schon wieder sei, er habe seine Fingerabdrücke doch abgeliefert, schnaubte der Installateur. Auf die Reifenstecherei angesprochen, sei die Reaktion des Mannes zumindest eigenartig gewesen, meinte Hettich. »So, hat dem feinen Herrn einer die Reifen platt gemacht«, habe er mit einem zufriedenen Grinsen gesagt. Er sei es nicht gewesen, habe er hinzugefügt. Und dann: Ob es jetzt auf zwei kaputte Reifen noch ankäme?

»Der Thiedemann könnt's schon gewesen sein«, meinte Schubert.

»Vielleicht.« Kriminalrat Hoffmann strich sich über seinen perfekt gestutzten Schnauzer. »Aber es bringt nichts.« Er wandte sich an Schmidt. »Du warst doch noch mal bei Werner Sebald …«

Schmidt, den Reiche insgeheim wegen seiner buschigen Augenbrauen »Räuberhauptmann« nannte, winkte ab. »Der war wirklich überrascht. Er habe keine Ahnung, wer das gewesen sein könnte. Als ich ihn fragte: ›Waren Sie es?‹ hat er nur gelacht und gefragt, ob wir nichts Besseres zu tun hätten als nach unbekannten Reifenstechern zu suchen.«

»Damit belassen wir es vorläufig auch«, sagte Hoffmann. »Vielleicht kommen wir später mal über eine andere Schiene in der Sache weiter.«

Alle schauten jetzt auf Schubert.

Schubert hatte sich weiter in den Dschungel von Sebalds

Geschäftspapieren, E-Mail-Verkehr, privaten Unterlagen und Telefonlisten hineinbegeben – ohne bis jetzt auf etwas Auffälliges gestoßen zu sein.

»Aber er hat doch jede Menge verkauft!«, rief Hettich und walkte aufgeregt sein Kaugummi.

Schubert nickte. »Schon. Aber die meisten Verkäufe, auch die teuren, gehen so über den Ladentisch. Eine Rechnung mit Namen und Adresse des Käufers wird selten erstellt. Was Sebald eingekauft und verkauft hat, ist ordentlich verbucht, aber wem er was verkauft hat, wissen wir nicht.«

Schubert selbst war mit der Ausbeute seiner Untersuchungen unzufrieden, das merkte man. Aber alle wussten: Er würde nicht locker lassen. Er würde weiter recherchieren, sich unverdrossen durch Faktenberge ackern, auch noch den kleinsten und abseitigsten Nebenpfad verfolgen, alle offensichtlichen und weniger offensichtlichen Verbindungen überprüfen, und irgendwann würde er einen Hinweis, irgendeine unscheinbare Spur finden, die mit der Tat in Zusammenhang stand und die Ermittlung weiterbrachte.

Nach der Besprechung setzte sich Reiche lustlos an seinen PC. Er wusste, es ging nicht anders, er musste seine Berichte schreiben. Dabei ging ihm die ganze Zeit durch den Kopf, dass er etwas vergessen hatte. Aber was? Was wollte er noch erledigen, fragen, nachprüfen? Er starrte aus dem Fenster auf die Platanen im Innenhof, wo eine Horde Spatzen einen Heidenlärm veranstalteten.

14

Während er im Kommissariat die breite Treppe vom ersten Stock hinunterging und auf die ausgetretenen Sandsteinstufen schaute, entdeckte er, dass ihm am Hemd ein Knopf fehlte. Unwillkürlich legte er die Hand über die Stelle oberhalb des Gürtels.

Reiche hatte beschlossen, sich mit Doris zu treffen. Er wollte sein Versprechen von gestern halten. Er hätte auch lügen können und wichtige Ermittlungen vortäuschen. Er tat es nicht, er hatte sogar den Verdacht, dass er sich auf den Abend mit Doris freute.

Im Flur blinkte der Anrufbeantworter. Es gab zwei Nachrichten: eine von Herrn Zuwand, der für Reiches Wohnung wieder einmal einen Zweitschlüssel anmahnte; die andere von Doris. »Kannst du dir vorstellen, dass wir ins Kino gehen? Der Film spielt nur noch heute und ich würde ihn gern sehen. Er soll sehr gut sein.«

Reiche nickte zustimmend, als stünde Doris vor ihm. Während er sich ein neues Hemd anzog – alle Knöpfe waren dran –, fiel ihm ein, was er vergessen hatte, nämlich nach Name und Adresse von Sebalds Putzfrau zu fragen. Er sah wieder den unscheinbaren Nagel vor sich. Ein so penibler Mensch wie Sebald würde nicht einfach einen Nagel in der Wand lassen, wenn der keine Funktion hatte.

Reiche entschloss sich, Doris nichts mitzubringen, es würde kein spätes Geburtstagsgeschenk geben. Er fürchtete, das könnte falsch ausgelegt werden. Er umarmte sie nur, berührte mit dem Mund kurz ihre Wange und murmelte: »Nachträglich alles Gute zum Geburtstag.«

Doris hatte sich fein gemacht. Sie trug ein langes, am Hals leicht gerüschtes Kleid und darüber eine helle, weit geschnittene Bolerojacke. Ihre Lippen leuchteten in einem satten, karmesinfarbenen Rot. Ihre Haare trug sie offen, seit einem Jahr ließ sie sie wieder wachsen.

Sie tippte Reiche mit dem Zeigefinger auf den Bauch, auf sein ungebügeltes, aber mit allen Knöpfen versehenes neues Hemd und lächelte. »Ich sehe, du hast dich herausgeputzt.«

Als sie im Kino nebeneinander saßen, begriff Reiche, dass es ihm unmöglich gewesen wäre, heute Abend abzusagen. Im Dunkel kurz zu ihr hinschauend, hatte er das Bedürfnis, nach ihrer Hand zu greifen. Was passiert hier? dachte er. Doris machte gar nichts. Sie war nur da. Auch sie berührte ihn nicht.

Sie war schon mitten drin in der Geschichte auf der Leinwand. Allmählich begann sich auch Reiche für die Menschen und Bilder da vorn zu interessieren. Vor allem als gesungen wurde und Orchestermusik den Kinosaal überschwemmte.

Bei einer Szene, bei der sie laut auflachte, legte sie ihm vor Aufregung die Hand auf den Oberschenkel. Reiche tat das gut. Irgendwann hörte er sich selbst lachen. Er war erleichtert, als der Held der umworbenen Frau endlich seine Liebe gestand und sie daraufhin vor Begeisterung ihr Fahrrad in den Graben schleuderte.

Sie verließen das Kino mit dem gleichen euphorischen Gesichtsausdruck wie alle anderen und Doris hängte sich unbefangen bei Paul ein. Nach diesem Film kam ihm das ganz natürlich vor.

Inzwischen war es Nacht und kühl geworden. Ein wolkenloser Himmel, zu dem Doris hinaufschaute. »Die Sterne«, sagte sie. »Ja«, bestätigte er.

In Willi's Bar, nach der zweiten Pina Colada, bekam Doris ihren obligatorischen Schluckauf und hielt sich die Hand vor den Mund. Sie lachten. Reiche wunderte sich, dass bis jetzt keinerlei Verlegenheit zwischen ihnen aufgekommen war. Ihr Zusammensein hatte etwas Selbstverständliches, als habe es die letzten zwei Jahre nicht gegeben.

Im Taxi saßen sie dicht beieinander, aber nicht zu eng. Doris war auf eine lustige Weise angeheitert, die Reiche gefiel. Er selbst hatte drei Pils getrunken, war also auch nicht mehr ganz nüchtern.

An der Haustür fiel Doris ihre kleine, aus Silberdraht geflochtene Handtasche zu Boden und beide bückten sich danach. Dabei berührten sich ihre Hände und Reiche war, als bekäme er einen sanften elektrischen Schlag.

»Noch'n Kaffee?«, fragte Doris und Reiche schien als sei sie wieder nüchtern geworden.

Er antwortete nicht und folgte ihr einfach. Er wollte jetzt mit ihr zusammen sein. Er hatte das Gefühl, dass das jetzt richtig war und er nicht weiter darüber nachzudenken brauchte.

Doris stellte zwei Espressotassen und die Zuckerdose auf den Glastisch. Reiche hatte sich auf der Couch zurückgelehnt und die Arme hinter dem Kopf verschränkt.

»Gehst du mal in die Küche und schaust nach dem Espresso? Ich zieh mir schnell was anderes an.«

Als Reiche die heiße Espressokanne auf den Untersetzer im Wohnzimmer stellte, kam Doris aus dem Schlafzimmer. Sie trug eine Art Kaftan, der weit ausgeschnitten war. Darunter trug sie offensichtlich nichts. Sie setzte sich neben Reiche und schenkte Kaffee ein. Als sie sich zur Zuckerdose vorbeugte, klaffte ihre Robe auseinander und Reiche sah ihre Brüste. Sie waren ihm unendlich vertraut. Auf einmal konnte er dem, was er die ganze Zeit in sich gespürt hatte, nicht mehr widerstehen. Er drehte sich zu Doris, griff ihr in den Nacken und zog sie langsam zu sich heran. Bevor sich ihre Köpfe berührten, meinte er ein leises Lächeln in ihrem Gesicht zu sehen.

15

Der Hauptkommissar war morgens immer wortkarg – heute war er es auf eine Weise, die von Barden auffiel. Er hatte den Eindruck, dass etwas Zufriedenes in Reiches Schweigen lag.

In Reiche tauchten immer wieder die Bilder der letzten Nacht auf. Er wusste nicht, wie es weitergehen würde – er wollte es im Moment auch nicht wissen. Er dachte, wenn es Vorfreude gibt, muss es doch auch Nachfreude geben …

Von Barden hatte die Adresse der Frau, die bei Sebald putzte, ausfindig gemacht. Er und der Hauptkommissar fuhren in eine Gegend der Stadt, in der der wirtschaftliche Aufschwung der Nachkriegsjahre vorzeitig erlahmt war.

Elena Neri – so hieß die Frau – wohnte in einer Reihenhaussiedlung, die, als sie vor vierzig Jahren erbaut worden war, am Rande der Stadt gelegen hatte, umgeben von Wiesen und Feldern. Jetzt war von dieser Ruhe und Beschaulichkeit nichts mehr geblieben. Inzwischen führte an den schmalen, zweistöckigen Häusern, deren Putz die Farbe des Straßenbelags angenommen hatte, eine der Hauptverkehrsadern der Stadt vorbei.

Elena Neri war eine kleine, stämmige Süditalienerin mit pechschwarzen Augen und einem Anflug von Damenbart. Neben ihr trippelte auf dem Linoleum ein goldfarbenes Schoßhündchen mit plattgedrückter Schnauze und bellte die Besucher durchdringend an, den Lärm der vorbeidonnernden Laster übertönend. Sie standen in einem kleinen, niederen Raum mit alten Küchenmöbeln, deren Plastik durch das Alter gelb geworden war.

Dass zwei Kriminalkommissare sie aufsuchten, nahm Elena Neri ganz gelassen. Erst als der Name Sebald fiel, kam es bei der jungen Frau zu einem Ausbruch. »Madonna! Was für ein Unglück! Gemordet!« Der Hund fiel in ihre Klagelaute ein. »Sei still, Cosmo!« Sie rollte die Augen zur Decke und schüttelte den Kopf. »Sebald war guter Mann, immer bezahlt. Hatte nicht viel Dreck. Hab nur noch bei ihm geputzt, hat gesagt: Frau Neri, bleib, machste gute Arbeit!«

Als sie sah, wie der Kommissar durch die halboffene Tür einen Blick ins Nebenzimmer warf, wo eine Nähmaschine und eine Modellpuppe standen, hob sie den Arm und zeigte ein gepolstertes, vollbespicktes Nadelkissen an ihrem Handgelenk. »Jetzt besseres Geld mit Schneiderei, isse mein Beruf.«

Während sie sprach, hörte Cosmo nicht auf zu bellen. Gleichzeitig dröhnte vor der Tür ein Laster nach dem anderen vorbei – eine Geräuschkulisse, die von Barden in den Ohren weh tat.

Als Reiche die Schneiderin bat, mitzukommen und sich Sebalds Räume noch einmal anzuschauen, nickte sie. »Isse was zu putzen?«

»Nein, zu putzen ist nichts«, antwortete Reiche, der befürchtete, sie werde den hysterischen Hund mitnehmen. Aber sie gab Cosmo bei einem Nachbarn ab, einem weißhaarigen Alten, den das Tier stürmisch begrüßte.

Reiche erklärte Elena, um was es ging. Und obwohl die junge Frau unablässig nickte, war er nicht sicher, ob sie ihn auch verstand. Es ging dem Kommissar nicht nur um den einsamen Nagel in der Wand, der von Barden und ihm in dem sonst penibel gepflegten Büro aufgefallen war. Vielleicht verschätzte er sich ja auch, was dessen Bedeutung anging. Doch möglicherweise fiel der Putzfrau, die so oft in den Räumen war und die einzelnen Gegenstände genau kannte, etwas anderes auf; etwas, das aus der gewöhnlichen Ordnung herausfiel und für die Ermittlungen von Bedeutung sein konnte.

Elena Neri ging langsam und aufmerksam durch die Räume wie eine Interessentin, die sich überlegt, das Haus zu kaufen. Dass sie dabei die weißen Überschuhe tragen musste und von Barden ihr eingeschärft hatte, nichts zu berühren, störte sie nicht. Die Kommissare liefen neben ihr her wie zwei Makler, die gespannt sind, ob der Kundin die Immobilie auch gefällt.

Reiche sagte ihr nichts von dem Nagel. Er wartete. Er wollte sehen, ob er ihr von allein auffiel. Immerhin war nicht ausgeschlossen, dass der Nagel schon seit Monaten ohne Funktion in der Wand steckte.

»Ist hier passiert?«, wollte sie wissen, als sie den kleinen Blutfleck auf dem Boden vor dem Schreibtisch sah. Aber als weder Reiche noch von Barden antworteten, fragte sie nicht weiter.

»Haben Sie einen Schlüssel zu den Räumen oder hat Herr Sebald sie immer persönlich reingelassen?«, fragte von Barden.

Sie schüttelte den Kopf. »Kein Schlüssel. Ich hab geläutet, immer pünktlich. Er wusste, ich komm Samstagnachmittag, wenn Geschäfte zu.«

Da sie über den Safe hinter der Alpenlandschaft so überrascht war, nahm Reiche an, dass sie das Bild noch nie abgestaubt hatte, denn sonst hätte sie bemerkt, dass es die Tür des Tresors verdeckte.

»Wo waren Sie am Sonntagabend?«, fragte Reiche. Auch Elena Neri gehörte zu den Personen, die Sebald bedenkenlos eingelassen hätte.

»Ich war zu Haus. War doch schlechtes Wetter.«

»Waren Sie allein?«

»Alte Mann, Sie haben gesehen, ich sagen immer Opa Schmidt war da. Wollte nicht allein sein, kommt immer wegen Cosmo, sind Freunde. Hatte erzählt von Sturm und viel Wasser in Hamburgo, vor vielen Jahr.«

Plötzlich sagte sie: »La maschera!« Und deutete auf die Wand.

Die Kommissare schauten sich an.

»Hier!« Sie zeigte auf den Nagel. »Una maschera – wie sagt man deutsch? Maske?«

»Hier hing eine Maske?«, fragte Reiche.

Sie nickte eifrig. »War Maske mit Stoff drum.« Sie deutete mit den Händen eine Art Kopftuch an.

Sie traten näher, als könnten sie noch Spuren des Gegenstands sehen.

»War die Maske, als sie letzten Samstag geputzt haben, noch da?« Von Barden fügte eindringlich hinzu: »Denken Sie genau nach.«

»Ja, war da.«

»War es vielleicht eine afrikanische Maske?«, fragte Reiche, ohne Hoffnung, dass Elena das Stück würde näher bestimmen können.

»No! No!« Sie schüttelte den Kopf. »Maske für Karneval. Hab ich im Fernsehen gesehen. Wie – wie –« Sie suchte nach Worten. »Una strega! Eh! Alte Frau …« Sie verzog das Gesicht zu einer Grimasse und machte einen Buckel.

»Eine Hexe!«, rief von Barden.

»Eine Hexenmaske«, sagte Reiche.

»Si! Si!«

16

Reiche saß an seinem Schreibtisch und nachdem er lange genug auf die Schreibtischunterlage gestarrt hatte, nahm er ein Blatt Papier und einen Kuli und fing an zu kritzeln. Er malte Buchstaben und stellte plötzlich fest, dass er DOR geschrieben hatte. Halb amüsiert und halb verärgert malte er über das D ein G, überschrieb das R mit einem L und vervollständigte schließlich das Ganze zu dem Wort *Goldmünze*.

Reiche unterstrich das Wort und zog einen Kreis darum. Er überlegte. Werner Sebalds Alibi war wasserdicht. Was hatte es dann mit der Goldmünze auf der Treppe auf sich? Werner sagte, sein Stiefvater habe sie ihm geschenkt und er habe sie verloren – das mochte glauben, wer wollte. Man verliert nicht eine Münze, die ein paar hundert Euro wert ist. Wie war es also wirklich?

Aber sie hatten auch einen Fehler gemacht. Das heißt, er hatte einen Fehler gemacht. Er hatte Werner Sebald zu früh von der Angel gelassen. Am Sonntagabend war er bei Corinna gewesen, das stand fest. Aber er hatte gesagt, er sei erst am Dienstagvormittag wieder zu Hause gewesen. Wo war er von Sonntagnacht bis Dienstagvormittag gewesen?

Dann die Geschichte mit den zerstochenen Reifen. Reiche schrieb *Reifen* aufs Papier und setzte einen Rahmen um das Wort. Gab es einen Zusammenhang mit dem Mord? Wenn ja, welchen? Wollte der Täter (oder die Täterin) verhindern, dass Sebald ihm folgte? Hatte er nicht mitbekommen, dass der Uhrmacher tödlich verletzt war?

Als nächstes schrieb der Kommissar *Maske* mit einem bauchigen a, in das er zwei Punkte setzte. Am Samstag hing die Maske noch in Sebalds Büro an der Wand. Zwei Tage später fehlte sie. Hatte sie Sebald selbst am Samstag, nachdem die Putzfrau gegangen war – oder am Sonntag – abgenommen? War sie irgendwo anders im Haus? Die Spurensicherung hatte nichts gefunden. Hatte Sebald die Maske verkauft oder verschenkt? Oder hatte sie jemand Fremdes genommen? Hatte sie am Ende der Täter genommen?

Schubert kam ins Zimmer. Heute trug er seine weinrote Weste. Er tippte auf ein schwarzes Büchle, das er in der Linken hielt. »Wisst ihr, was das ist?«

Reiche sah von seinen Stichworten auf. »Sag es uns.«

»Sebalds Terminkalender. Und gleichzeitig so eine Art Telefontagebuch.«

»Telefontagebuch?«, fragte von Barden, der am Computer seinen Bericht schrieb.

»Pedantisch wie er war, hat er die Nummer desjenigen notiert, der ihn angerufen hat – mit Angabe der Uhrzeit.«

»Aber nicht, wen er angerufen hat?«

»Das brauchte er nicht. Dafür hatte er die Telefonrechnung mit den Einzelnachweisen.«

»Aha«, machte Reiche. »Und weiter?«

Schubert trat an Reiches Schreibtisch. »Ich hab mir mal die Nummern angeschaut, die im Laufe des letzten Jahres öfter angerufen haben. Die meisten sind klar. Zum Beispiel die Anrufe von Lena Wehrle oder die von seinem Steuerberater.«

»Mach's nicht so spannend!«, rief von Barden von seinem Schreibtisch herüber.

»Es gibt einen Anrufer, da ist die Sache weniger klar.«

»Der wäre?«

»Der Mann, von dem Sebald das Auto gekauft hat. Gebraucht.«

»Den Audi?«

»Ja. Vor etwa einem Jahr. Von einem Dr. Liebig, einem Rechtsanwalt.« Schubert setzte sich auf den Besucherstuhl vor Reiches Schreibtisch. »Dieser Rechtsanwalt hat im Verlauf des letzten Jahres fünfmal bei Sebald angerufen. Jeweils im Abstand von zwei Monaten.«

»Und weiter?« Reiche warf einen flüchtigen Blick auf die Kladde, die Schubert vor ihn hingelegt hatte.

»Wenn Sebald beim Verkäufer angerufen hätte, könnte man das verstehen. Er hätte sich über irgendeinen Defekt am gekauften Wagen beschweren können. Aber es verhält sich umgekehrt. Der Verkäufer ruft mehrmals den Käufer an!«

»Vielleicht war ihm Sebald noch Geld schuldig«, sagte von Barden, ohne den Blick vom Bildschirm zu heben.

»Nein. Laut Kaufvertrag, der vorliegt, wurden bei Übergabe des Audi sechstausend Euro in bar bezahlt. Das war der Preis und Liebig hat den Empfang bestätigt.«

»Und der Sebald hat wirklich den Liebig nie zurückgerufen?«, wollte von Barden wissen.

»Nie.«

»Hast du mal geprüft, ob die beiden noch andere Geschäftsverbindungen hatten? Möglicherweise hat dieser Liebig bei Sebald ja was gekauft«, vermutete Reiche.

»Ich hab nichts gefunden.«

»Seltsam ist es schon.«

»Ich hab die Wehrle angerufen und sie gefragt, ob Sebald im Zusammenhang mit dem Autokauf irgendeine Besonderheit erwähnt hat. Ob er sich zum Beispiel über irgendwelche Mängel beschwert hat.«

»Und – hat er?«

Schubert schüttelte den Kopf. »Sie sagte, er habe den Wagen von einem Rechtsanwalt gekauft, mehr wisse sie nicht. Mit dem Audi seien sie im letzten Sommer in Italien gewesen und es habe keine Probleme gegeben.«

Sie schwiegen einen Moment. Reiche schrieb auf seinen Zettel *Liebig* und malte ein großes Ausrufezeichen dahinter. »Hol doch mal über diesen Rechtsanwalt Erkundigungen ein«, sagte er. »Vielleicht fällt uns da was auf.«

Schubert griff sich den Kalender wieder und stand auf. »Mach ich.«

Auf Reiches Schreibtisch summte das Telefon. »Lena Wehrle möchte den Kommissar sprechen«, meldete Silberchen Fleig.

»Stell durch.«

Lena Wehrle wollte wissen, wann sie ihren Lebensgefährten beerdigen könne. Reiche teilte ihr mit, dass der Leichnam noch diese Woche freigegeben werde.

»Sie bekommen so bald wie möglich Bescheid.« Dann sagte er: »Mein Kollege Schubert hat ja schon mit Ihnen über Herrn Sebalds Autokauf vor einem Jahr gesprochen …«

»Ich hab ihm alles gesagt, was ich weiß.«

»Ist Ihnen zu diesem Autokauf oder zu Dr. Liebig noch etwas eingefallen?«

»Nein, ich wusste nicht einmal, dass der Rechtsanwalt so heißt.«

Eine kurze Pause trat ein. »Ich möchte Sie noch etwas fragen.« Er räusperte sich. »Haben Sie aus Herrn Sebalds Büro vergangenes Wochenende etwas …« Er suchte nach dem passenden Wort. »… weggenommen?«

Lena Wehrle verstand die Frage nicht.

»Mit nach Hause genommen. Aus seinem Büro.«

»Ich war die ganze letzte Woche nicht in seinem Büro.«

»Dann frage ich Sie etwas anderes: Erinnern Sie sich an eine Maske, eine Fasnetmaske im Büro Ihres Freundes?«

»Sicher.« Die Antwort kam schnell.

»Können Sie mir etwas über diese Maske sagen?«

Sie überlegte einen Moment. »Soviel ich weiß, hat sie Eberhard von einem Nachbarn bekommen.«

»Geschenkt bekommen – oder gekauft?«

»Das weiß ich nicht. Gekauft, nehme ich an.«

»Wissen Sie den Namen dieses Nachbarn?«, fragte der Kommissar.

»Warten Sie … Die wohnen gegenüber … Müller, glaub ich.«

»Wagmüller?«

»Richtig, Wagmüller.«

»Können Sie sich erinnern, wann Herr Sebald diese Maske gekauft hat?«

»Nein, das weiß ich nicht. Er hat sie aber schon länger. Also ein Jahr mindestens.«

»Ist diese Maske jetzt zufällig in Ihrem Besitz?«

»Aber nein!« Sie war empört. »Was fragen Sie?«

»Haben Sie eine Ahnung, ob Herr Sebald diese Maske in den letzten Tagen verkauft oder weggegeben hat?«

»Das weiß ich nicht. Das glaub ich auch nicht. Das hätte er mir gesagt. Er hing an dem Stück.« Und dann fragte sie: »Ist sie weg?«

»Sie fehlt«, sagte Reiche.

»Oh.« Ihre Stimme war zuletzt immer leiser und brüchiger geworden.

»Frau Wehrle?«

»Wissen Sie«, flüsterte sie, »ich bin so schrecklich müde.«

»Tut mir leid, dass wir sie immer wieder befragen müssen«, sagte Reiche mit ehrlichem Bedauern, »aber Sie sind nun mal …«

»Jaja«, unterbrach sie ihn mit matter Stimme und legte auf.

17

Das Wetter war wieder schlecht geworden. Die spätsommerliche Milde ging zu Ende. Am Himmel trieben schwere Wolken und es ging ein kalter Wind. Reiche, immer noch in seinem dünnen Sommerjackett, fror. Von Barden, der weitsichtiger war, was die richtige Kleidung anging, und bereits einen Übergangsmantel trug, bot dem Kommissar seinen Schal an. »Danke.«

Wagmüllers hatten wohl aus dem Fenster geschaut und die Kommissare kommen sehen. Kaum hatten sie geläutet, summte schon der Türöffner. Im Wohnzimmer saß Herr Wagmüller am Tisch, vor sich ein Stapel Magazine.

»Herr Wagmüller«, begann Reiche, »Frau Wehrle, die Lebensgefährtin von Herrn Sebald, hat uns gesagt, Sie hätten Sebald vor einiger Zeit eine Fasnetmaske verkauft.«

Frau Wagmüller warf ihrem Mann einen Blick zu, der besagte: Da hast du es!

Wagmüller klappte die Illustrierte, die aufgeschlagen vor ihm lag, zu. »Schön wär's!«

»Wie meinen Sie das?«

Reiche und von Barden setzten sich nach einer auffordernden Geste des Hausherrn an den Tisch.

»Herr Sebald hat die Maske nicht gekauft.«

»Aber sie hing in seinem Büro«, sagte von Barden.

Wagmüller entging offenbar, dass der Kommissar *hing* und nicht *hängt* gesagt hatte.

»Sie haben sie ihm geschenkt?«, fragte Reiche.

Wagmüller schüttelte den Kopf. »Absolut nicht.«

»Klären Sie uns auf.«

»Können wir Ihnen was anbieten?«, fragte Frau Wagmüller, die an der Tür stehen geblieben war. »Vielleicht einen Espresso?«

Reiche nickte. »Gern.«

»Danke, für mich nichts«, sagte von Barden.

»Sprechen wir von derselben Maske?«, vergewisserte sich Reiche.

»Sicher. Ich habe sie selbst bei Sebald im Büro gesehen.« Wagmüller, der seine Erkältung auskuriert hatte, sprach mit einer klaren, etwas hohen Stimme.

»Woher kannte Sebald die Maske?«

»Er war mal hier«, sagte Wagmüller. »Er hatte gehört, dass ich eine Sammlung von Fasnetmasken besitze. Er interessierte sich dafür.«

»Kurz vorher«, ergänzte Frau Wagmüller, die mit Tablett und Tassen aus der Küche kam, »war nämlich im hiesigen Anzeigenblättle ein Bericht über unsere Sammlung erschienen.«

»Speziell der *Hirrlinger Butz* – so heißt die Maske – gefiel ihm. Es ist eine Larve, die in der Meßkirchener Fasnet eine Rolle spielt.« Wagmüller deutete Richtung Flur. »Sie hängt draußen im Gang.« Und als er Reiches verwundertes Gesicht sah, fügte er hinzu. »Ich besitze zwei Exemplare. Sebald fragte, ob ich auch Masken verkaufe.« Er schaute kurz auf von Barden, der sein Notizbuch hervorgeholt hatte. »Normalerweise verkaufe ich nicht. Doch vom Hirrlinger Butz habe ich, wie gesagt, zwei Exemplare. Ein sehr wertvolles

Stück aus dem 19. Jahrhundert, das ich natürlich nie verkaufen würde. Und diese zweite Maske, ein erst vor einigen Jahren geschnitztes Stück. Aber auch eine sehr schöne Arbeit.«

»Und dann hat er gesagt, er könne sich vorstellen, diese Maske zu verkaufen.« Frau Wagmüller, das leere Tablett in der Hand, blieb in der Tür stehen und warf einen vorwurfsvollen Blick zu ihrem Mann.

»Sebald fragte, ob er die Maske mitnehmen könne«, fuhr Wagmüller fort. »Er wollte sie eine Weile bei sich haben und sich dann entscheiden.«

»Mein Mann ist manchmal zu vertrauensselig«, bemerkte Frau Wagmüller.

Wagmüller zuckte mit den Schultern. »Natürlich ist so was nicht üblich. Ich hab die Maske auch nicht gern weggegeben. Aber Sebald war wirklich fasziniert von der Maske, das hat mir dann auch gefallen.«

»Sebald war ja ein seriöser Geschäftsmann, der auch finanziell was darstellte, nicht wahr?«, sagte Frau Wagmüller, bevor sie zurück in die Küche ging. »Und als Nachbarn konnten wir einander ins Wohnzimmer schauen.«

»Aber es gab dann doch Probleme?«

Wagmüller machte eine vage Handbewegung. »Tja, wie soll ich sagen – ?«

Frau Wagmüller kam mit der Espressokanne zurück. »Er hat uns hingehalten«, sagte sie und schob ihrem Mann die kleine braune Tasse hin.

»Ich hab mir mit der Nachfrage Zeit gelassen«, sagte der Sammler. »Es ist ja nicht so, dass ich nach vier Wochen schon wieder bei ihm vor der Tür stand.«

Die Frau schüttelte verärgert den Kopf, während sie einschenkte. »Man hätte doch erwarten können, dass er von sich aus sich meldet und sagt, ich nehme die Maske oder ich nehme sie nicht.«

»Das ist nicht passiert?« Reiche tat sich zwei Löffel Zucker in die Tasse.

»Nein. Nach einem halben Jahr – «

»Das war mehr als ein halbes Jahr!«, warf seine Frau ein.

»Hab ich ihn dann gefragt, ob er an der Maske interessiert ist.«

»Sie haben ihn direkt darauf angesprochen?« Von Barden schrieb etwas in sein Notizbuch.

»Ja.«

»Und?«

»Er sei sich noch nicht sicher, er brauche noch Zeit, die Maske sei ja bei ihm gut aufgehoben.«

»Also das ist doch kein Verhalten für einen Geschäftsmann!« Frau Wagmüller war noch immer empört.

»Hatten Sie denn schon über den Preis gesprochen?« Reiche trank den Kaffee mit einem Schluck.

»Ich sagte Ihnen ja, es war eine neuere Arbeit, aber die ist eben auch ein paar hundert Euro wert.«

»Ich hab mich schon geärgert.« Frau Wagmüller sah ihren Mann an, als erwarte sie mehr Unterstützung in ihrer Aufregung. »Er hatte das Geld doch, er konnte doch zahlen. Und wenn er die Maske nicht mehr wollte, musste er sie zurückgeben – nach über einem halben Jahr. Da weiß man doch, ob man so etwas haben will oder nicht!«

»Mir war die ganze Sache peinlich.« Wagmüller strich

sich nervös über den Kinnbart. »Aber Herrn Sebald anscheinend nicht. Wenn wir uns sahen, tat er, als sei alles in Ordnung.«

»Er dachte gar nicht daran, die Maske zu kaufen oder zurück zu geben. Wissen Sie«, fügte seine Frau mit Eifer hinzu, »wir hätten die Maske nämlich inzwischen verkaufen können. An Herrn Mayer, der sammelt sowas nämlich auch. Der war gleich interessiert, als wir ihm von der Maske erzählt haben.«

Wagmüller nippte an seinem Espresso. »Darf man fragen, warum Sie sich so ausführlich über die Maske erkundigen?«

Irgendetwas hielt Reiche davon ab zu sagen, dass die Maske nicht mehr da war. »Sie spielt bei unseren Ermittlungen eine gewisse Rolle«, antwortete er ausweichend. Er stand auf. »Danke für den Espresso.« Und dann: »Ich muss sie beide bitten, die nächsten Tage ins Kommissariat zu kommen. Wir benötigen ihre Fingerabdrücke, und wir müssen ein Protokoll aufnehmen.«

Herr und Frau Wagmüller starrten die Kommissare ungläubig an.

»Eine reine Routineangelegenheit«, beeilte sich von Barden zu versichern.

Bevor sie sich trennten, sagte Reiche zu von Barden: »Das war nicht unser letztes Gespräch mit den Wagmüllers. Dass sie Sebald eine wertvolle Maske überlassen haben, ist ihnen bei unserer letzten Befragung nicht eingefallen.«

»Du meinst, es könnte noch weitere Kontakte gegeben haben, die sie uns verschweigen?«

»Vielleicht.«

Reiche gab von Barden den Schal zurück. »Danke. Ich geh jetzt heim. Wir sehen uns morgen.«

Als er die Tür zu seiner Wohnung aufschloss, begann sein Herz schneller zu schlagen. Das wäre nicht nötig gewesen, wie er mit einem Blick auf den Anrufbeantworter feststellte. Der AB blinkte nicht. Sie hatte also nicht angerufen.

Unschlüssig schaute er sich in seiner Wohnung um, er wusste nicht so recht, was jetzt anfangen. Nach einem zweiten Blick auf seinen AB nahm er kurz entschlossen das gefütterte Blouson und zog es an. Mit dem vom Frühstück liegen gebliebenen Kanten Brot und einem Apfel stieg er die Treppe hinunter.

Reiche ging in Richtung Stadtpark. Im Gehen aß er das Brot und biss in den Apfel. Der Himmel war bedeckt, ließ nur noch eine diffuse Spätnachmittagshelligkeit durch. Mit einem Griff in die Jackentasche stellte er fest, dass er das Handy eingesteckt hatte. Obwohl, überlegte er, Doris ruft nie auf dem Handy an. Habe ich ihr jemals meine Handynummer gegeben?

Auf der kleinen Lichtung im Park hatte sich wie immer eine Gruppe Bocciaspieler versammelt. Es waren ältere Männer und Frauen mit Schirmmützen und dicken Strickpullovern, die, einen Lappen in der Hand, ernst und konzentriert die Kugeln warfen. Es fiel kaum ein Wort. Nur das Klicken der Kugeln war zu hören.

Reiche setzte sich auf die Bank in der Nähe, aß den Rest des Brotes und sah ihnen zu.

Im Fall Sebald, überlegte er, waren sie an einem Punkt, an dem ihnen nichts anderes übrig blieb, als mit der Stange im Nebel zu stochern.

Er sah auf die Uhr. Es war kurz vor fünf. Er wählte Schuberts Nummer im Büro, in der Hoffnung, den Kollegen noch anzutreffen.

»Ich bin am Gehen«, sagte Schubert.

»Hast du was über Liebig herausgekriegt?«

»Nicht wirklich. Er ist hauptsächlich Wirtschaftsanwalt, hat aber auch schon als Strafverteidiger gearbeitet. War involviert in Immobiliengeschichten im Osten, wo er anscheinend viel Geld gemacht hat. Bölling von der Rechtsanwaltskammer sagte mir, Liebig habe gute Kontakte zum Rotlichtmilieu. Er lebt von seiner Frau getrennt und hat zwei halbwüchsige Kinder, die bei der Mutter leben. Er ist zweiundfünfzig und offenbar ein Liebhaber guten Essens, was man ihm wohl auch ansieht.«

»Gib mir mal die Nummer von seiner Kanzlei.«

Reiche rief sofort an. Er hätte nicht sagen können warum. Es eilte ja nicht. Aber er wollte was tun. Er wollte nicht dauernd an Doris denken und überlegen, ob er sie anrufen sollte oder nicht.

»Hier Kanzlei Dr. Liebig. Mein Name ist Jakobi.« Die Frauenstimme klang ungehalten, es war kurz vor Büroschluss.

»Hauptkommissar Reiche. Ich hätte gern Rechtsanwalt Liebig gesprochen.«

»Dr. Liebig ist nicht da. Er ist diese Woche nicht mehr zu erreichen. Erst wieder am Montag.« Und etwas zögernd fügte sie hinzu: »Um was handelt es sich denn? Kann ich Ihnen helfen?«

»Sie können mir seine Handy-Nummer geben.«

Das wollte Frau Jakobi nicht. Erst als Reiche von Ermittlungen der Mordkommission sprach, diktierte ihm die Sekretärin Liebigs private Handynummer. »Er ist in sein Wochenendhaus gefahren.«

»Und wo ist das?«

Sie zögerte.

»Hören Sie …« begann Reiche verärgert.

»In der Gegend von Griesbach.« Widerwillig gab sie ihm die Adresse.

»Hoffentlich bekomme ich jetzt keine Schwierigkeiten.«

»Nein«, sagte Reiche, »hier geht es um polizeiliche Ermittlungen. Da kommt es auf jeden Tag an.«

Das sagte er ihr zur Beruhigung. Denn eigentlich war sich Reiche gar nicht sicher, ob er Liebig überhaupt schon sprechen wollte. Doch die Sache mit den Anrufen ließ ihm keine Ruhe. Vielleicht hatten der Rechtsanwalt und Sebald doch weitergehende Geschäftsbeziehungen. Vielleicht waren sie Komplizen in irgendeiner Sache. Der Kommissar hatte die Erfahrung gemacht, dass es sich immer lohnte, an irgendeinem Punkt der Ermittlungen, und mochte es der unscheinbarste sein, weiter zu machen.

Reiches Handy klingelte. Für den Bruchteil einer Sekunde spürte er sein Herz schneller schlagen. Ein Blick auf das Display genügte: Es war Ingrid.

»Ich fahr jetzt am Wochenende doch nicht zu Hanne.

Wenn du willst, können wir am Samstag mit Vater einkaufen gehen«, sagte seine Schwester.

Reiche zögerte. Eigentlich hatte er keine Lust. Doch dann sah er seinen Vater wieder auf dem Parkplatz in seinen ausgebeulten Hosen und den schiefgelaufenen Absätzen. »Aber du musst Vater abholen«, sagte er. »Sonst kommt er nicht mit.«

18

Bei der Lagebesprechung am Freitagvormittag war Staatsanwalt Geiger dabei. Er stand wie immer in der Ecke neben dem Schrank und zupfte mehrmals an seiner moosgrünen Fliege, von der er glaubte, sie sei lässig gebunden. Am Schluss der Besprechung sagte er, er wünsche, sobald irgendwelche substantiellen Ergebnisse »im weitesten Sinn« vorlägen, sofort in Kenntnis gesetzt zu werden.

Aber an *substantiellen Ergebnissen* haperte es. Zwar waren die Nachbarschaftsbefragungen noch nicht abgeschlossen. Auch die Überprüfung einiger Alibis stand noch aus. Doch niemand im Kommissariat erwartete davon noch Aufregendes. So blieb erst einmal nichts anderes als geduldige Kleinarbeit.

Von Barden bekam den Auftrag, noch einmal mit den Wagmüllers zu sprechen. Hettich sollte zu Werner Sebald, der sich bis jetzt immer noch nicht auf dem Kommissariat hatte blicken lassen.

Und Reiche fuhr Richtung Griesbach.

Er genoss die Fahrt durch den herbstlichen Schwarzwald. Jetzt, zu Mittag, brach immer wieder die Sonne durch die Wolken. Die Baumwipfel erstrahlten golden im Licht und noch im Schatten glühten die ersten Farben des Oktobers.

An einem Rastplatz an der B 500 stieg er aus. Von hier hatte er einen weiten Blick in die Landschaft. Es wehte ein schwacher Wind, der ihm kühl übers Gesicht strich. Friedlich, wie unberührt lagen die einzelnen Gehöfte und Häuser in der Klarheit des späten Mittags unten im Tal. Aus den ziegelroten Dächern stiegen dünne Rauchfahnen auf, die im Winde verwehten.

Die Luft roch nicht mehr nach Sommer, sondern nach regengetränkter Erde, nach etwas Schwerem. Als er ein paar Schritte vom Parkplatz in den Wald hineinging, wurde der Geruch intensiver, ein würziges, sattes Aroma. Es war, als atmeten die Bäume nach diesem heißen Sommer befreit auf und sogen begierig die Feuchtigkeit ein.

Im Grunde war die Fahrt nach Griesbach nur ein Vorwand. Sie gab ihm Gelegenheit, sich abzusetzen. Hier in der freien Natur fühlte er sich zu Hause. Er war zwischen Feldern, Wiesen und Wald aufgewachsen. Hier konnte er allein sein und andere als die gewohnten Eindrücke aufnehmen. Doch heute fiel es ihm schwer. Immer wieder kam ihm seine Exfrau in den Sinn. Der Parkplatz war etwas abgelegen, eine stille Nische. Er nahm sein Handy und gerade als er eine Verbindung zu Doris herstellen wollte, überkamen ihn Zweifel und er drückte die Zahlen weg.

Er überlegte, ob er nicht Liebig anrufen sollte. Aber was sollte er sagen: Hallo, Herr Liebig, ich komme? Da war ein vermeintlich spontanes Vorbeischauen schon besser, auch wenn er dabei das Risiko einging, den Hausherrn nicht anzutreffen.

Das Haus lag außerhalb des Ortes. Es war ein kleines, zweistöckiges Gebäude im gängigen Landhausstil, die Tür eingefasst von klobigen Glasbausteinen, das Obergeschoss holzverkleidet. Die der Zufahrt abgewandte Seite mit dem großen Fenster zeigte auf einen Ackerstreifen, hinter dem der Wald begann.

Reiche parkte am Waldrand und ging die letzten fünfzig Meter zu Fuß. Auf dem schmalen, gekiesten Vorplatz stand ein Cayenne.

Die Frau, die ihm öffnete, hätte einem Bild von Rubens entsprungen sein können: Sie war groß und drall, mit einem runden, pausbäckigen Gesicht, prallen Oberarmen und einem üppigen Busen. Das flachsblonde Haar war über den Ohren zu einer Schnecke gebunden. Ihre himmelblauen Augen blitzten freundlich.

»Kommen Sie«, sagte sie mit deutlichem Akzent und wischte sich die Hände an der Küchenschürze ab, die sie über ihrem ärmellosen Kleid trug. Frau Rubens war am Kochen. Im ganzen Haus roch es nach Braten. »Bitteschön.« Sie wies auf die geöffnete Tür, die ins Wohnzimmer führte und verschwand wieder in der Küche.

Das Wohnzimmer war ein großer Raum mit schweren, rustikalen Möbeln und einem ovalen Tisch in der Mitte.

Liebig erhob sich aus einem Sessel am Fenster, wobei er das Buch, in dem er gerade gelesen hatte, samt Brille auf einem kleinen Beistelltisch ablegte. Er war ein kleiner Mann mit Schmerbauch und Glatze.

»Ich hab Sie schon erwartet«, sagte er, nachdem sich Reiche ausgewiesen hatte, und deutete auf den zweiten Sessel am Fenster. »Die Jakobi hat mich angerufen.« Und mit dem Anflug eines Lächelns fügte er hinzu: »Sie haben Sie wegen meiner Adresse wohl ein wenig unter Druck gesetzt, wie?«

Reiche hob nur abwehrend die Hände.

In diesem Moment kam die Frau aus der Küche. »Ich möchte fragen …«

»Darf ich vorstellen«, unterbrach sie Liebig, »das ist Mascha, die beste Köchin jenseits der Alpen.« Er grinste.

Mascha lächelte, wobei zwei Grübchen in ihren Wangen entstanden. Sie gab Reiche die Hand. »Isst der Kommissar mit?«

»Natürlich isst er mit«, bestimmte Liebig.

Reiche, den der kumpelhafte Ton des Rechtsanwalts störte, wehrte ab. »Nein, danke, ich hab schon gegessen.«

Liebig runzelte die Brauen. »Hören Sie, Kommissar. Mascha hat einen vorzüglichen Gänsebraten gemacht. Er ist so gut wie fertig, nicht wahr?«

Mascha nickte.

»Ich hab eine Schwäche für Gänsebraten, so wie ihn Mascha macht.« Er seufzte in Erwartung des Genusses. »Diese Gottesgabe werden wir jetzt essen, dazu einen schönen Grauburgunder trinken … Und Sie haben Fragen an mich, deshalb sind Sie hier, nicht wahr? Wollen Sie sich nun in die Ecke setzen und uns beim Essen zuschauen?«

»Aber nein …«

»Oder wünschen Sie, dass wir mit dem Essen warten, bis Sie Ihre Fragen gestellt und ich meine Antworten gegeben habe?« Er schaute den Kommissar mit schräg geneigtem Kopf an.

»Ich werde später wiederkommen«, sagte Reiche und hob in einer Abschiedsgeste die Hand.

In diesem Moment sagte Mascha, während sie verlegen an ihrer Schürze zupfte. »Bitte, essen Sie mit uns!«

Sie lächelte und zeigte ihre Grübchen.

Liebig hatte einen gesegneten Appetit. Er bewältigte die riesige Portion, die ihm Mascha aufgetan hatte, mühelos. Sie war wirklich eine exzellente Köchin und nötigte Reiche eine Fleischmenge auf, als gelte es einen russischen Gewichtheber zu verköstigen.

Den angebotenen Wodka nach dem Essen lehnte Reiche ab. Aber er nickte, als Mascha, nachdem sie den Tisch abgeräumt hatte, fragte, ob Kaffee gewünscht sei.

»Kommen Sie«, sagte Liebig, ein Glas und die Wodkaflasche in der Hand. Sie setzen sich in die Sessel vor die Panoramascheibe mit Blick auf das Feld und den angrenzenden Wald. Liebig schenkte sich reichlich ein.

»Sie wissen, dass der Uhrmacher Sebald in seinem Laden erschossen wurde.« Reiche streckte im Sessel die Beine aus und musste der Versuchung widerstehen, auch den Gürtel zu öffnen.

Auch an Liebig war die exzessive Mahlzeit nicht spurlos vorüber gegangen. Mit einem Stofftaschentuch wischte er sich die Schweißtropfen von der Stirn.

»Es stand in der Zeitung.« Er schüttelte den Kopf. »Merkwürdige Sache.«

»Wann haben Sie Sebald zum letzten Mal gesehen?«

Liebig nahm einen großen Schluck Wodka und stieß auf. »Entschuldigung.« Er dachte kurz nach. »Das ist über ein Jahr her. Beim Autokauf. Aber das wissen Sie ja.«

»Wie meinen Sie das?« fragte Reiche.

»Sie haben doch sicher den Kaufvertrag vom Audi gefunden. Und deswegen sind Sie auch auf mich gekommen.« Er tupfte sich noch einmal die Stirn ab und wischte sich über die Glatze. »Ich frag mich nur, was genau Sie von mir wissen wollen.«

Reiche widerstand dem Verlangen, ebenfalls laut zu rülpsen. »Zum Beispiel« – er hielt die Hand vor den Mund – »wo Sie vergangenen Sonntag zwischen zwanzig und dreiundzwanzig Uhr waren.«

Liebig kniff die Augen zusammen. »Sie verdächtigen mich nicht ernsthaft, oder?«

»Es ist eine Frage, die ich stellen muss, das wissen Sie.«

»Ich war auf einer Fachtagung in Baden-Baden. Sonntagabend war der letzte Vortrag.«

»Und dafür gibt es Zeugen?«

»Viele, wie Sie sich denken können.« Er grinste. »Und alles Juristen.« Er kippte den Rest des Wodkas hinunter. Bevor er das Glas absetzte, schaute er es zufrieden an. »Aber wegen meinem Alibi sind Sie nicht hier!«

»Nein«, sagte Reiche. Eine Pause entstand. »Uns ist aufgefallen, dass Sie im Verlauf des letzten Jahres Sebald fünfmal angerufen haben.«

Liebig hob matt die Hand. »Daher weht der Wind.«

»Sie hatten also auch nach dem Autokauf noch Kontakt zu Sebald?«

Der Rechtsanwalt gab einen grunzenden Laut von sich. »Wie man's nimmt.«

»Herr Dr. Liebig …« begann der Kommissar.

»Sie wissen so gut wie ich«, unterbrach ihn sein Gegenüber, »dass ich Ihre Fragen nicht zu beantworten brauche.«

»Hier geht es um einen Mordfall.« Reiche hob die Stimme. »Ich kann mir nicht vorstellen, dass Sie sich der Behinderung polizeilicher Ermittlungen schuldig machen wollen.«

»Oho! So schweres Geschütz?« Er winkte ab. »Die Sache ist so einfach wie ärgerlich.« Nach einer Weile fügte er nachdenklich hinzu: »Durch Sebalds Tod bekommt das Ganze allerdings ein anderes Gewicht, das verstehe ich jetzt.«

Mascha kam und brachte den Kaffee. Sie stellte eine Schale mit Gebäck dazu und entfernte sich, nicht ohne Reiche kurz angelächelt zu haben.

»Hier, die Cantuccini, kennen Sie die?« Der Rechtsanwalt nahm mit spitzen Fingern eines der kleinen Gebäckstücke. »Sie müssen Sie in den Kaffee eintunken.« Er versenkte das Teilchen in der Tasse. »Köstlich, sag ich Ihnen«, meinte er, während er das Cantuccini vom Löffel lutschte. »Mag ich lieber als die Amaretti, die sind mir zu lasch. Probieren Sie!«

Reiche, der nach dem gigantischen Essen das Gefühl hatte, die sieben Geißlein verspeist zu haben und nicht nur eine halbe Gans, schüttelte den Kopf.

Liebig lehnte sich zurück und sah aus dem Fenster. Eine Schar Krähen fiel flügelschlagend in den Acker ein. Steifbeinig und mit komischem Eifer stolzierten sie über die aufgeworfene Erde.

»Für sechstausend Euro war der Audi ein Schnäppchen«, sagte Liebig. »Das wusste Sebald auch. Ich hatte den Eindruck, er verstand was von Autos.«

»Er hat bezahlt ohne zu handeln?«

Liebig räkelte sich in seinem Sessel zurecht. »Ich hatte sechstausendfünfhundert gefordert und nach einigem Hin und Her hat er sechstausend gezahlt. Bar.«

»Und dann?« Reiche schenkte sich eine zweite Tasse Kaffee ein.

Liebig schüttelte den Kopf. »Jetzt muss ich das auch noch einem Polizisten erzählen!«

Reiche sah ihn aufmerksam an.

»Zwei Tage nach dem Verkauf stellte ich fest, dass ich im Audi was liegengelassen hatte.« In Erinnerung daran schüttelte er den Kopf. »Ein gepolstertes Kuvert. Es muss auf dem Hintersitz irgendwie zwischen die Polster gerutscht sein – ich weiß nicht, wie das passieren konnte. Ich war allerdings zu dieser Zeit beruflich sehr eingespannt. Aber trotzdem …!«

»Wichtige Dokumente?«

Liebig seufzte. »Nein. In dem Kuvert waren Goldmünzen.«

Reiche räusperte sich, sagte aber nichts.

»Ich hatte sie von einem Klienten als eine Art Sicherheit bekommen. Die vier waren damals schon über zweitausend Euro wert. Heute, bei dem gestiegenen Goldpreis … Ich darf gar nicht dran denken.«

»Sie haben Sebald gleich angerufen?«

»Natürlich. Am selben Tag.«

»Und?«

»Er sagte, im Auto sei nichts gewesen, kein Kuvert.«

»Sind Sie sicher, dass Sie die Münzen im Wagen liegengelassen haben?«

Der Rechtsanwalt schnaufte. »Was glauben Sie! Ich habe Büro und Wohnung auf den Kopf gestellt. Aber mir war klar, dass ich das Kuvert im Audi gelassen haben musste.«

Er wischte sich mit dem Taschentuch noch einmal über die Stirn. »Ich bat Sebald, den Wagen ganz genau zu durchsuchen, die Rückbank hochzuklappen etcetera ...« Er unterbrach sich selbst. »Wissen Sie, was er sagte: Das habe er bereits getan. Und er habe nichts gefunden.«

»Was waren das für Münzen?«

»Südafrikanische Krügerrand. Jede in so einem kleinen Plastik-Etui.«

Mascha kam und holte das Kaffeegeschirr.

»Wird noch etwas gewünscht?«, fragte sie, während sie die Tassen auf das Tablett stellte.

»Nein, danke.«

»Ich lege mich dann ein bisschen hin.« Sie ging auf Reiche zu. »Auf Wiedersehen.«

Reiche stand auf. »Wiedersehen. Das Essen war wirklich ...« Er suchte nach einem Wort. »Ausgezeichnet.«

Sie zeigte wieder ihr scheues Lächeln und ging mit dem Tablett hinaus.

Liebig sah ihr nach. »Ihr Sohn ist jetzt auch in Deutschland und hat gerade angefangen zu studieren.«

»Sie spricht sehr gut deutsch«, bemerkte Reiche.

»Sie war drüben Deutschlehrerin.« Eine Pause entstand. Beide schauten aus dem Fenster. Die Sonne war hinter den Wolken verschwunden und Wald und Feld hatten eine dunkelgraue Färbung angenommen.

»Ja ...« murmelte Reiche auffordernd.

Liebig nahm den Faden wieder auf. »Irgendwie konnte ich nicht glauben, dass so ein Mann wie Sebald ... ich meine, er hatte ein gut gehendes Geschäft, er wirkte so seriös ... dass der einen so aufs Kreuz legt. Er hat mich um glatte zweitausend Euro beschissen. Er hat den Audi fast geschenkt bekommen!«

»Sie haben noch ein paar Mal angerufen?«

Der andere nickte. »Das wisst ihr ja. Ich hab ihm schließlich ein Angebot gemacht ...« Er zögerte. »Achgott, der Mann ist tot ... Was soll das jetzt alles noch ...«

Reiche beugte sich vor. »Was für ein Angebot?«

Liebig winkte ab. »Es war Blödsinn. Einfach naiv.«

»Was für ein Angebot?«, wiederholte Reiche.

»Er sollte mir wenigstens tausend Euro geben. Unter der Hand.«

»Er hat's nicht gemacht.«

»Natürlich nicht.«

»Sie sind immer noch ganz schön wütend«, bemerkte Reiche. Der Satz blieb im Raum und bekam sein eigenes Gewicht.

»Achso!« Liebig runzelte die Brauen. »Sie meinen ... Sie verdächtigen mich ernsthaft, Sebald wegen zweitausend Euro umgebracht zu haben?« Er lachte auf. »Das tun Sie nicht wirklich, oder?«

»Herr Dr. Liebig«, begann Reiche förmlich, »wir wissen, dass Sie Kontakt zu Leuten haben ... sagen wir mal so ... zu deren Tätigkeit es gehört, Geld einzutreiben. Und die dabei nicht zimperlich vorgehen.«

Liebig beugte sich vertraulich vor. »Also Herr Kommissar,

wir sind ja hier unter uns – Ihre Unterstellung ist ziemlich unverschämt, das wissen Sie. Glauben Sie wirklich, dass ich mir wegen zweitausend Euro die Hände schmutzig mache? Mein Ärger war groß, zugegeben. Vor allem über mich selbst. Es hat mich schwer gefuchst, dass gerade mir sowas passiert ist.«

Nun beugte sich auch Reiche in gespielter Komplizenhaftigkeit vor. »Aber einen kleinen Denkzettel wollten Sie Sebald schon verpassen … oder verpassen lassen.«

Liebig grinste. »Denkzettel? Was meinen Sie damit?«

»So eine ungetrübte Freude sollte er an seinem Fahrzeug nicht haben. Nachdem Sie sozusagen ein Jahr geduldig auf seine Einsicht gehofft hatten.«

Liebig streckte für einen Moment bittend die Hände vor. »Klären Sie mich auf. Auf was wollen Sie hinaus?«

Der Kommissar rollte mit den Augen. Er ging auf die Komödie ein. »Nun, wir haben Sebalds Wagen untersucht und da stellten wir fest, dass beide Hinterreifen durchstochen worden waren.«

»Nein!«, rief Liebig in gespielter Empörung. »Die Reifen durchstochen! Wer macht denn so was?«

19

Während der Morgenrasur läutete das Telefon. Noch mit Schaum im Gesicht, nahm er ab.

»Reiche.«

Am anderen Ende der Leitung herrschte eisiges Schweigen. Dann eine ebenso eisige Stimme: »Sag mal, was denkst du dir eigentlich?«

Reiche schluckte und wechselte den Hörer in die andere Hand.

»Du hältst es nicht einmal für nötig, mich anzurufen«, fuhr die Stimme fort.

»Doris, ich …«

»Kannst du dir nicht vorstellen, dass ich nach diesem Mittwoch auf einen Anruf von dir gewartet habe?«

»Moment mal, wir …«

»Ist das zu viel verlangt? Hat dir dieser Abend so gar nichts bedeutet?«

»Natürlich hat er mir … also wirklich … Tut mir Leid, ich wusste nicht …« stammelte Reiche, »ich war einfach unsicher … Und dann …«

»Die Arbeit, nicht wahr? Du musstest dies und musstest das …«

»Es ist wirklich nicht so, wie du denkst, ich …«

»Ach, wie denk ich denn?«

»Ich weiß, ich hätte dich anrufen müssen. Ich meine, unser Abend war schön … Glaub mir, ich …« Reiche stöhnte auf vor Hilflosigkeit.

»Er war schön, ja?« Ihre Stimme veränderte sich. »Ist es so schwer, mir das zu sagen?«

»Nein … Ja … Du weißt, ich bin da … schließlich haben wir …«

Eine gewisse Vergangenheit, wollte Reiche sagen, aber eine innere Stimme warnte ihn, den Satz zu Ende zu bringen. Er spürte, wie der Rasierschaum auf seiner Haut zu trocknen begann. »Doris, entschuldige, aber Ingrid und ich treffen uns nachher mit Vater, wir müssen ihm eine Hose und neue Schuhe kaufen …«

»Jaja, ich versteh schon.«

Reiche wurde wütend. »Also jetzt! Ich sag ja nicht, dass wir uns nicht treffen können …«

»Ach! Wir können uns treffen?«

»Bitte, Doris! Ich hab gesagt, dass es mir Leid tut. Aber heute geht es nicht. Ich weiß nicht, wie lange wir mit Josef zusammen sein werden.« Er überlegte. »Morgen zu Mittag? Ich lad dich zum Essen ein.«

Schweigen am anderen Ende.

»Bist du noch da?«

Wieder ihre kühle Stimme. »Ruf mich morgen Vormittag an.«

»Nach dem Frühstück, okay?«

»Bis morgen«, sagte sie knapp und legte auf.

Das Herrenkonfektionsgeschäft, in dem Paul und sein Vater bislang immer eingekauft hatten, existierte nicht mehr. Jetzt war da der Laden eines Telefonanbieters.

Josef sah die völlig anders gestalteten, schreiend bunten

Schaufenster und meinte erleichtert: »Die henn zugmacht. Dann hats kein Wert. Kommt, mir gehe hoim.«

Die nächstbeste Möglichkeit, ein paar Herrenhosen zu erstehen, war ein Kaufhaus in der Innenstadt. Es war erst vor kurzem »modernisiert« worden und sah entsprechend aus. In der Herrenkonfektionsabteilung blitzte und blinkte es wie in einem Operationssaal. Die Hemden lagen in gleich großen Stapeln auf gläsernen Podesten. Die Ständer mit den Anzügen waren zueinander exakt im rechten Winkel ausgerichtet. Überall Chrom, Glas und schimmerndes Parkett. An den Säulen riesige Spiegel und farbige Neonleuchten.

Inmitten dieser Raumschiffdekoration stand Josef in seinen abgeschabten Hosen, der abgetragenen Strickjacke und den ungeputzten Schuhen. Die Hände an den ausgeleierten Hosenträgern, starrte er den Verkäufer an, einen jungen Mann, dem ein modisch dünnes Bartrinnsal über Backen und Kinn lief. Auf seine Frage, ob er helfen könne, meinte Josef knapp: »Nei.« Dann wandte er sich an Ingrid und Paul, die wie zwei Bodyguards neben ihm standen, und sagte: »Von da will i nix.«

Die Geschwister hatten längst eingesehen, dass die Auswahl dieses Geschäfts ein Irrtum war.

Nachdem sie in einer zähen Schleichfahrt dem Innenstadtverkehr entkommen waren, landeten sie schließlich bei einem Discounter am Stadtrand, in dem es vom Schnürsenkel bis zum Motorroller alles gab. Es gab auch ein paar Ständer mit Herrenhosen. Aber auch an diesem Angebot zeigte Josef kein Interesse. Mürrisch stand er zwischen den aufgereihten Textilien und beharrte darauf: »Ich brauch nix. Die Hos tut's doch noch.«

Ingrid winkte ab. Sie wühlte in den Ständern herum und drückte ihrem Vater schließlich drei Cordhosen in die Hand: »Die probiersch.« Paul bedeutete sie, Josef zur Kabine zu begleiten. Während der Bruder am Vorhang stand, hörte er Josef in der Umkleide ununterbrochen vor sich hin meckern.

»Die isch doch viel zu weit … und da zwickts … immer des Gscherr mit denne Knöpf … neumodischs Glump … achso, annerschrum … so goht's … mit denne Hakn, des wird was sei …«

Zur großen Erleichterung der Geschwister passte dann doch eine der Hosen wie für Josef maßgeschneidert. Brummend gab der Vater schließlich nach und meinte, die Hose sei recht.

Paul war dagegen, in diesem Laden auch Schuhe zu kaufen, andererseits graute ihm vor einer neuen Fahrt in die Stadt und einer ähnlich strapaziösen Prozedur in einem Schuhgeschäft.

Ingrid ging mit Josef in die »Schuhabteilung«, die aus drei Gondeln bestand und deren Angebot überschaubar war. Paul hielt sich im Hintergrund. Er passte auf, dass sein Vater nicht in Versuchung kam, hier irgendetwas mitgehen zu lassen.

Nach dem Einkaufsmarathon waren alle Beteiligten erschöpft. Es gab in dem Supermarkt neben dem Back-Shop eine kleine Cafeteria und hier ließen sie sich nieder, Josef zwei große Einkaufstüten neben sich auf dem Stuhl.

Reiche holte für jeden einen Pott Kaffee. Josef wollte eine Schwarzwäldertorte dazu. Als dann das Stück vor ihm auf dem Teller lag, rührte er es nicht an. Er saß stumm und steif vor dem Kaffee, das Gesicht über dem Teller.

»Was ist los?«, fragte Ingrid.

Er schüttelte den Kopf.

»Was hast du denn?«, fragte sie noch einmal.

»Stimmt was in der Tagesstätte nicht?« Paul war plötzlich beunruhigt. Verschwieg ihnen der Vater etwas?

Josef ergriff mit beiden Händen die Kaffeetasse und trank einen Schluck. »Is nix.«

»Vadder, du hast doch was!« Ingrid ließ nicht locker.

»Bin halt einsam«, murmelte Josef, über die Tasse gebeugt.

Paul und Ingrid sahen sich betroffen an. So etwas Persönliches hatte ihr Vater schon lange nicht mehr von sich gegeben.

»Aber du bist doch den ganzen Tag unter den Leuten!«

»Die sind doch alle …« Er winkte ab.

»Aber Vadder!« Ingrid griff auf dem Tisch nach seiner Hand.

Paul fühlte, wie es ihm die Kehle zuschnürte.

»Wo is überhaupt mei ganzes Geld?«, fragte Josef unvermittelt und hob gebieterisch den Kopf.

Ingrid zog die Hand zurück und starrte ihn an: »Vadder, was für Geld?«

In seinem ganzen Leben hatte Josef Reiche kein Geld auf der Seite gehabt.

Als Reiche am Sonntagvormittag nach einem späten Frühstück anrief, erlebte er eine Überraschung. Doris teilte ihm mit – ohne jedes Bedauern, wie er fand – dass sie seine Einladung zum Mittagessen nicht annehmen könne, da sie überraschend Besuch bekommen habe.

Reiche war wie vor den Kopf gestoßen. »Ist das der wirkliche Grund?«, fragte er.

»Wie meinst du das?«

»Hast du wirklich Besuch oder erfindest du ihn, weil du dich nicht mit mir treffen willst?«

»Warum sollte ich einen Grund erfinden?«, fragte sie erstaunt. »Meinst du, ich habe Angst, dir abzusagen, wenn ich keine Lust habe?«

»Oder weil du noch sauer bist«, ergänzte er.

»Sei nicht albern. Ich kann heute nicht, das ist alles.«

»Das muss ja ein bedeutender Besuch sein, wenn er dir so wichtig ist …« Er konnte nicht verhindern, dass seine Stimme höhnisch wurde. »Dass du ein Essen mit mir sausen lässt«, fügte Reiche für sich hinzu, sagte es aber nicht laut.

»Eifersüchtig?«, fragte Doris. Es klang belustigt.

»Na dann, viel Spaß!«, sagte er und legte auf.

Er spürte ein leises Flattern im Magen, setzte sich in den Petrus und schlug mit der Faust auf die Lehne, dass eine Staubwolke aufflog. Eine Weile blieb er sitzen, den Blick starr geradeaus gerichtet; bis er merkte, dass er hinüber schaute zur einzigen Grünpflanze in seiner Wohnung, einem Bogenhanf, der ihm, obwohl er ihn so gut wie nie goss, die Treue hielt und nicht einging. Jetzt rührte ihn die Pflanze, die so tapfer zu ihm hielt und er stand auf und goss den Rest des Wassers aus seinem Trinkglas in den Blumentopf.

Reiche konnte es in der Wohnung nicht mehr aushalten. Er nahm seinen Anorak, ging in den Fahrradkeller und holte das Rad, obwohl es bedrohlich nach Regen aussah. Er wollte sich bewegen, keuchen, schwitzen, das Gespräch mit seiner Ex vergessen.

Er fuhr von Anfang an – die großen Verkehrsstraßen meidend – ein scharfes Tempo, ohne ein bestimmtes Ziel im Auge zu haben. Während er in die Pedale trat, überlegte er, warum hat sie nicht einfach gesagt, wer sie besucht? Das wäre doch das Normalste von der Welt gewesen zu sagen, hör mal, gerade ist überraschend eine alte Freundin von mir aufgetaucht, sie ist auf der Durchreise und … Aber wahrscheinlich war es eben keine Freundin!

»Scheiße!« sagte Reiche laut.

Die meisten Wege im Wald waren schmal und holprig, wechselten mit gekiesten Strecken, die steil bergauf- und bergab führten – doch er liebte diese vertraute und geradezu behütende Umgebung. Auf freiem Feld sah er, wie im Zeitraffer Fetzen niedrig hängender Wolken aus den Waldlücken gezerrt wurden. Im Nu zog sich der Himmel zu einer einzigen bleiernen Masse zusammen. Die Temperatur sackte ab und es begann zu regnen.

Innerhalb kürzester Zeit stürzten Wassermassen von tropischem Ausmaß herunter. Es prasselte auf den Asphalt mit einer Wucht, dass der Regen wie von einer Membran wieder hochgeschleudert wurde. Obwohl Reiche sein Regencape trug und seinen Radfahr-Schlapphut auf hatte, war er innerhalb von wenigen Minuten bis auf die Knochen durchnässt.

Nach ziellosem Umherirren fand er schließlich Unterschlupf in einer Blockhütte, deren zum Abenteuerspielplatz ausgerichtete Vorderseite offen war. Es schüttete wie aus Kübeln und vor der Hütte bildeten sich riesige Lachen, da der Boden das Wasser nicht schnell genug aufnehmen konnte. Auf der klobigen Bank lehnte er sich an die mit Filzstift vollgekritzelte Lehne und schaute hinaus in den Regen, der mit Rauschen, Summen, Plätschern und Trommeln seine eigene Musik spielte.

Reiche wusste, das konnte noch Stunden so gehen. Er hatte Hunger und er begann zu frieren. Ich muss hier weg, dachte er. Sein Handy, verstaut in der wasserdichten Innentasche des Anoraks, funktionierte.

Er rief Martin von Barden an und entschuldigte sich wortreich.

Der Adlige lachte. »Du störst nicht. Ich bin allein und drehe Däumchen. Sabina ist bei Freunden, sie hilft bei einem Architekturwettbewerb. Die haben die ganze Nacht durchgemacht, morgen ist Abgabetermin.«

Reiche erzählte von seiner Radtour und dass ihn der Regen als Geisel hielt.

»Wo bist du?«

Reiche erklärte ihm den Weg. »Und«, fügte er hinzu, »kannst du mir was Trockenes mitbringen und ein Stück Brot und was Warmes zu trinken? Ich bin total durchgefroren.«

»Dinkelbrot oder Weizenmischbrot?«

Reiche kannte den anderen lange genug, um zu wissen, dass die Frage keineswegs ironisch gemeint war. »Sonntags immer Dinkelbrot«, sagte er.

Nach langem Warten bewegte sich schließlich ein großer schwarzer Schirm auf die Hütte zu und von Barden, eine gelbe Regenjacke an und einen großen Rucksack auf dem Rücken, sprang über die Pfützen oder mitten in sie hinein. Er hatte an alles gedacht: Nicht nur an Verpflegung und heißen Kaffee, sondern auch an ein Handtuch, einen Wollpullover, eine alte Jeans und Socken.

Während Reiche sich umzog, breitete von Barden ein Geschirrtuch auf dem Tisch aus. »Sag mal, wie kommst du eigentlich auf die Idee, bei so einem Wetter eine Radtour zu machen?«

Von Barden hatte neben mehreren Scheiben Brot und einem Stück Bündnerfleisch auch zwei Tomaten mitgebracht – samt einem winzigen Salzstreuer.

Reiche brummte etwas Unverständliches und setzte sich an den Tisch. Auf das ausgebreitete Vesper blickend, streckte er anerkennend die Daumen in die Höhe. »Danke, Martin!« Dann aß er schweigend und mit großem Appetit.

Da er verpflegt und im Trockenen war, hatte Reiche keine Lust, gleich aufzubrechen. In der Hütte roch es zwar nach feuchter Erde und nassem Holz, aber das Dach des Unterschlupfes war dicht. Es wurde richtig gemütlich und nachdem Reiche eine Tasse des wunderbar heißen Kaffees getrunken hatte, ergab es sich wie von selbst, dass sie über ihre letzten Befragungen sprachen.

Von Barden erzählte von seinem Besuch bei Wagmüllers.

Dabei sei das Gespräch noch einmal auf die Maske gekommen und dass es einen Interessenten für den *Hirrlinger Butz* gegeben habe. Das sei nämlich ihr Besuch vom letzten Sonntag gewesen, der Herr Mayer, den sie im Urlaub kennen gelernt hatten und der, wie sich herausgestellt habe, ebenfalls leidenschaftlicher Maskensammler sei. Irgendwann seien sie dann auch auf die beim Uhrmacher deponierte Maske zu sprechen gekommen. Wagmüller habe Mayer sogar ein Foto von dem Stück gezeigt.

»Sie haben diesem Mayer nicht erzählt, dass ihnen Sebald die Maske vorenthält?«, wollte Reiche wissen.

»Nein, irgendwie war ihnen das wohl peinlich. Sie haben nur gesagt, Sebald habe die Maske zur Ansicht, aber er habe noch nicht entschieden, ob er sie haben will. Mayer könne ja hinüber zu Sebald und fragen, ob er ihm die Maske überlässt.«

»Und, ist er hinüber?«

Von Barden strich sorgfältig die Brösel auf dem Geschirrtuch zu einem Häufchen. »Sie wissen es nicht. Sie haben auch nicht drauf geachtet, Wagmüller hatte ja noch mit seiner Erkältung zu kämpfen und Frau Wagmüller meinte, ihr Vorschlag, hinüberzugehen, sei eigentlich nicht ernst gemeint gewesen. Sie habe auch nicht den Eindruck gehabt, dass Mayer wirklich habe gehen wollen. Es war ja der Sturm angekündigt und sie haben sich ohnehin gewundert, dass Mayer noch mit ihnen zu Abend gegessen hat, bevor er dann losfuhr. Sie nehmen an, dass er sich gleich auf den Heimweg gemacht hat.«

Reiche füllte den Schraubverschluss des Flachmanns,

den von Barden in seiner Weitsicht mitgebracht hatte, ein zweites Mal mit Cognac. »Ich war gestern bei dem Rechtsanwalt, dem Liebig. Ich bin nach Griesbach gefahren, in sein Wochenendhaus.«

Von Barden begann die Reste des Picknicks einzupacken. »Hat sich der Ausflug gelohnt?«

Reiche nickte. »Er hat mir erzählt, wieso er Sebald mehrere Male angerufen hat.«

»Und warum?«

Der Kommissar trank den Cognac in einen Zug und schob den Flachmann mit einem Kopfnicken von Barden zu. »Als Liebig ihm das Auto verkauft hat, hat er aus Versehen ein Kuvert mit Münzen drin liegenlassen. Und das wollte er zurück.«

»Du glaubst ihm?«, fragte von Barden.

»Ja.«

»Kann es nicht sein, dass Liebig den Sebald aus anderen Gründen angerufen hat?«

»Dafür gibt es keine Anhaltspunkte.«

Von Barden nahm ein Stück Serviette und wischte die Kapsel sauber, bevor er sie wieder auf den Flachmann schraubte. »Hast du ihm erzählt, dass die Münzen in Sebalds Tresor waren?«

Reiche lehnte sich an die Rückwand der Hütte und streckte die Beine aus. »Nein. Hundertprozentig wissen wir ja nicht, ob es wirklich Liebigs Münzen waren.«

»Aber sie waren es vermutlich.«

»Ja.«

Von Barden zog die Brauen hoch. »Was heißt das?

Der Mörder räumt den Tresor aus und lässt die Münzen drin?«

Reiche hob den Finger. »Wir wissen nicht, wer den Tresor ausgeräumt hat. Und falls der Täter zugegriffen hat, wissen wir nicht, was er genommen hat. Es scheint aber, dass Sebald den Safe noch selbst geöffnet hat.«

»Aber das legt doch den Schluss nahe«, sagte von Barden, »dass Werner Sebald tatsächlich die Münzen von seinem Stiefvater geschenkt bekommen hat.«

»Und dabei verliert er eine auf der Treppe?« Reiche schüttelte den Kopf. »Werner hat seinen Stiefvater nicht erschossen, soviel scheint sicher. Aber das heißt ja nicht automatisch, dass er mit der Sache nichts zu tun hat. Er hat die Münzen. Der alte Sebald hat ihm die nicht geschenkt, das glaube ich nicht. Werner hat sie in Eile an sich genommen, ist hoch in die Wohnung und hat aus irgendeinem Grund eine Münze auf der Treppe verloren.«

Von Barden ging ein Licht auf. »Du meinst – ?«

»Es könnte doch sein, dass Werner Sebald im Büro seines Stiefvaters war, als der tot war.«

»Aber er war in Karlsruhe!«, rief von Barden.

»Er war am Sonntag zwischen neun und zwölf in Karlsruhe. Das wissen wir von dieser Corinna. Und danach? Wo war er bis Dienstag früh?«

Sie schwiegen eine Weile. Der Regen war in ein gleichmäßiges Rauschen übergegangen. Die blanken Stämme der Wippe auf dem Spielplatz glänzten, als seien sie mit Öl eingerieben.

»Sebald hat kategorisch abgestritten, dass noch etwas in

dem Audi war, als er ihn kaufte«, nahm Reiche den Faden wieder auf. »Liebig war schwer verärgert. Das ist ein Typ, der so was nicht auf sich sitzen lässt. Meiner Meinung nach hat er jemanden gedungen, der dem Uhrmacher die Reifen aufschlitzte.«

»Könnte dieser Jemand nicht auch zu Sebald sein und die Münzen mit vorgehaltener Waffe zurückgefordert haben?«

»Nein«, sagte Reiche, »die Reifenattacke war vorher. Nach Untersuchung der Kriminaltechnik muss der Wagen schon länger auf den Felgen gestanden haben, nicht erst seit vergangenen Sonntag.«

Von Barden schüttelte das Geschirrtuch aus und faltete es zusammen. »Hast du Liebig gefragt, ob er's in Auftrag gegeben hat?«

»Nur indirekt.« Der Kommissar zuckte mit den Schultern. »Er hat bloß gelacht. Wenn er's war – was ich annehme – können wir's ihm nicht nachweisen.«

»Letztlich ist es auch unerheblich«, beschied von Barden.

»Eben.«

»Und er selbst hat ein Alibi?«

»Er war am Sonntagabend auf einer Tagung. Lauter Rechtsanwälte.« Reiche fügte hinzu: »Schubert soll das aber trotzdem nachprüfen.«

Von Barden schaute in den Regen hinaus. »Seltsam ist es schon. Sebald linkt Thiedemann mit der Uhr. Dann unterschlägt er die Goldmünzen. Und den Wagmüllers luchst er die Maske ab und rückt sie nicht mehr raus. Dabei war der Mann doch nicht arm …«

20

Gleich Montag früh hatte Reiche ein Gespräch mit Kriminalrat Hoffmann. Es ging um die neuerliche Befragung Werner Sebalds, der für den Nachmittag einbestellt worden war. Nach Reiches Eindruck hatte sich Sebald in seiner Haltung den Kommissaren gegenüber festgerannt. Er konnte von dieser Position nicht mehr heruntergehen, ohne vor sich selbst das Gesicht zu verlieren. Und doch spürte Reiche, dass der Mann was loswerden wollte.

Der Kommissar schlug Hoffmann vor, Monika Maiwald in die Befragung einzubinden. Reiche schätzte das Einfühlungsvermögen der Kollegin und er wusste um ihre Attraktivität. Es hatte eine Zeit gegeben, da wusste er ihre Ausstrahlung auch persönlich zu schätzen. Jetzt spekulierte er darauf, dass der Kettenraucher auf eine Frau – besonders auf eine wie Monika Maiwald – positiver reagieren würde als auf einen Mann.

Die Maiwald war zwar offiziell noch krankgeschrieben, aber Reiche vermutete, dass sie nichts lieber tun würde als wieder ihren Dienst anzutreten. Schließlich war nur die Beweglichkeit ihres Fußes eingeschränkt und nicht die Beweglichkeit ihres Kopfes.

Monika Maiwald sagte auch sofort zu. Sie kam und studierte den ganzen Vormittag die Akte Sebald. Reiche und von Barden berichteten von ihrem Besuch bei Werner Sebald und gemeinsam überlegten sie, welche Taktik am besten im Gespräch mit dem Stiefsohn einzuschlagen wäre.

Das kleine Vernehmungszimmer im Kommissariat war im vergangenen Jahr renoviert und mit einem festen Aufnahmegerät ausgestattet worden. Zusätzlich gab es für den Fall, dass die Befragungen gleich protokolliert wurden, einen älteren PC.

Werner Sebald hatte schon einmal den Besuch auf dem Kommissariat abgesagt, aber dieses Mal erschien er. Reiche und von Barden bekam er überhaupt nicht zu Gesicht. Über die humpelnde Kommissarin Maiwald, die ihn in Empfang nahm, war er überrascht, sagte aber nichts. Die zweite Person im Vernehmungszimmer war Polizeihauptmeisterin Fehrholz, die sich aber im Hintergrund hielt.

Monika Maiwald setzte sich und deutete auf den gegenüberliegenden Platz. Sie hatte sich aus den Akten einige Seiten kopiert und Bemerkungen an den Rand geschrieben. Werner Sebald saß ihr am Tisch gegenüber. Er war unrasiert, seine dichte Haarmähne glänzte fettig und er roch wie immer nach Zigarettenrauch. Er holte auch, kaum dass er saß, seine Zigaretten hervor.

»Tut mir leid, aber Sie können hier nicht rauchen«, sagte die Kommissarin.

Sebald verzog den Mund. »Ohne Nikotin kann ich mich nicht konzentrieren.«

Betont langsam fischte er sich eine Zigarette aus der Packung, zündete sie aber nicht an. Er behielt den Stängel zwischen den Fingern.

»Haben Sie etwas dagegen, wenn wir das Gespräch aufnehmen?«, fragte die Kommissarin.

Er zuckte mit den Schultern, ohne zu antworten.

»Meine Kollegen haben ja schon mit Ihnen gesprochen«, begann Monika Maiwald, »aber es sind doch jetzt noch ein paar Fragen aufgetaucht, die …«

»Sind Sie mit Ihrem Fuß nicht krankgeschrieben?«, unterbrach sie Werner.

»Wie?« Einen Moment war Maiwald aus dem Konzept gebracht. »Der Fuß? Nein. Ich arbeite ja im Innendienst.« Lächelnd fügte sie hinzu: »Wir haben zur Zeit Personalmangel.«

Sebald grinste. »Und da arbeitet die Polizei jetzt mit Halbinvaliden?«

»Ich hab inzwischen das Protokoll Ihrer Aussagen gelesen«, fuhr die Maiwald unbeeindruckt fort, »und da ist mir aufgefallen, dass Sie das Haus Ihres Stiefvaters Sonntagabend verlassen haben und Dienstag früh wieder nach Hause gekommen sind. Ist das richtig?«

»Muss ich darauf antworten?« Durch seine dicken Brillengläser sah er sie spöttisch an.

»Was für einen Grund könnten Sie haben, nicht darauf zu antworten?«

»Ich hab ein Alibi. Warum interessiert Sie, was ich von Sonntagnacht bis Dienstag früh gemacht habe?«

Die Maiwald fixierte ihn. »Herr Sebald, wir ermitteln in einem Tötungsdelikt. Ihr Stiefvater ist erschossen worden. Da ist für uns jede Information von Bedeutung.«

Werner lehnte sich in seinem Stuhl zurück. »Ich bin in Karlsruhe geblieben. Ich hatte Angst, bei dem Wetter heimzufahren.«

»Spätestens um zehn am Sonntag war das Unwetter vorbei« warf die Kommissarin ein. »Um zwölf war es also überhaupt kein Risiko zu fahren.«

Er machte eine vage Handbewegung. »Ich hatte trotzdem Bedenken.«

»Und wo waren Sie in Karlsruhe?«

Er zögerte. »Im Bahnhof.«

Sie schüttelte den Kopf. »Sie waren von Sonntagnacht bis Dienstagvormittag im Karlsruher Hauptbahnhof?«

Er drehte nervös die kalte Zigarette in den Fingern. »Nur bis Montag früh.«

»Und dann?«

»Wie dann?«

»Wo waren Sie den ganzen Montag?«

Werner schwieg.

»Hören Sie«, die Kommissarin tippte mit dem Kuli auf die Tischplatte, »ich will Ihnen sagen, was meine Kollegen vermuten: Sie sind in die Sache verwickelt.«

»Achja?« Er griff an den Bügel seiner Brille, als wolle er ihren Sitz korrigieren.

»Gut, Sie waren zur fraglichen Zeit nicht am Tatort. Aber vielleicht war das auch gar nicht nötig. Denn die Hauptarbeit hat ein Komplize erledigt. Ihm haben Sie den Tipp gegeben und mit ihm haben Sie auch die Beute geteilt.«

Sebald warf die Zigarette auf den Tisch. »Das ist doch absurd!«

»So absurd ist das gar nicht. Sie waren doch permanent in Geldnöten. Und nun haben sie plötzlich genug Geld, um ein teures Callgirl zu bezahlen.«

Sebald fuhr vom Stuhl hoch. »Absoluter Schwachsinn!«

Die Kommissarin schaute in den Schnellhefter, als lese sie dort den Text. »Wir vermuten, dass Sie nach Karlsruhe gefahren sind, um sich mit ihrem Komplizen zu treffen. Dabei haben Sie erfahren, dass was schiefgelaufen ist.«

Maiwald hob den Kopf und sah ihn an. Werner setzte sich wieder.

»Glauben Sie das auch, dieses Märchen vom Komplizen?«

»Herr Sebald, wir haben einen Mord aufzuklären. Und Sie wissen mehr als Sie uns sagen.«

Eine Pause trat ein. Sebalds Blick verlor sich in einer unbestimmten Ferne. Er schwieg.

»Da ist die Geschichte mit der Goldmünze«, hakte die Kommissarin nach. »Man verliert nicht eine Goldmünze im Wert von ein paar hundert Euro grad so auf der Treppe!«

Sebald senkte den Kopf. Dann sagte er leise: »Ich war in Panik.«

Maiwald ließ nicht nach. »Im Moment müssen wir davon ausgehen, dass Sie in die Sache verwickelt sind, so wie Sie sich verhalten.«

Er schüttelte den Kopf.

Monika Maiwald beugte sich vor und schaute ihr Gegenüber eindringlich an. »Dann helfen Sie mir, Klarheit zu schaffen.«

Er murmelte etwas.

»Bitte?«

»Und was hab ich davon?«, murmelte er.

»Herr Sebald, wir sind hier nicht im Kindergarten. Hier gibt's keine Belohnung für Selbstverständlichkeiten.« Monika funkelte ihn an. »Wenn Sie uns was verschweigen, was mit dem Mord zu tun hat, sind Sie dran. Wir kriegen es raus, verlassen Sie sich drauf.«

Werner verzog krampfhaft den Mund. Es war ein angespanntes Grinsen, das kurz aufschien und gleich wieder verschwand.

»Kann ich eine Cola haben?«, fragte er schließlich.

»Sie können ein Glas Wasser haben.« Maiwald nickte der Kollegin Fehrholz zu, die hinausging und gleich darauf mit einem Glas Wasser zurückkam.

Nachdem Sebald getrunken hatte, sagte er: »Als ich zurückkam, lag er auf dem Boden, irgendwie verrenkt.«

»Wann sind Sie aus Karlsruhe zurückgekommen?«

»So um halb eins rum.«

Die Kommissarin hob kurz den Finger. »Damit wir uns verstehen: Sie meinen die Nacht von Sonntag auf Montag?«

Sebald schaute unruhig um sich, als suche er etwas, und nickte.

»Ist es üblich, dass Sie nachts um halb eins in das Büro Ihres Stiefvaters gehen?«

»Im Flur stand die Tür auf, es brannte Licht. Das kam mir irgendwie komisch vor.«

»Komisch?«

Sebald trank in großen Schlucken das Glas leer. »Eberhard war nie so spät noch im Laden. Außerdem schloss er immer alle Türen.«

Maiwalds Fuß unter dem Gips juckte; sie versuchte es zu ignorieren.

»Ist Ihnen vor dem Haus was aufgefallen, als Sie ankamen?«

»Überall lagen Äste und umgestürzte Bäume. Ich war froh, dass ich überhaupt bis zum Haus fahren konnte. Unterwegs musste ich ein paar Mal Umwege fahren, weil einige Straßen gesperrt waren.«

»Sie sind also durch den Laden ins Büro gegangen?«

In Erinnerung an das Gesehene wischte Sebalds Rechte immer wieder über die Tischplatte, als wolle sie sie säubern. »Ich dachte erst, er ist nur kurz von der Wohnung ins Büro oder in den Laden runter, um was zu holen.«

Die Maiwald sagte nichts, sie ließ ihm Zeit, sich zu sammeln.

»Ich sah zuerst den Fuß neben dem Schreibtisch.« Seine unruhige Hand begleitete weiter seine Worte. »Das hat mich irgendwie erschreckt.«

»Der Fuß?«

»Ja, weil Eberhard auf dem Boden lag.« Er schluckte. »Ich meine, ich hatte ihn noch nie auf dem Boden liegen sehen.«

»Und dann?«

»Ich glaub, ich hab seinen Namen gerufen«, sagte er mit leiser Stimme. »So genau weiß ich das nicht mehr.« Er räusperte sich. »Ich dachte, er hat einen Herzinfarkt gekriegt, oder irgendsowas. Aber dann hab ich die kaputte Kuckucksuhr auf dem Fußboden bemerkt und der Kuckuck hing so komisch verdreht aus dem Gehäuse.« Er lächelte gequält. »Er sah wie tot aus.«

Es war jetzt still im Vernehmungsraum. Die Fehrholz

stand, die Arme vor der Brust verschränkt, bewegungslos in der Ecke.

»Ich bin dann um den Schreibtisch rum, also mehr an die Seite, und da sah ich, wie er so dalag …« Er schüttelte den Kopf und drückte sich schnell die Hände vors Gesicht.

»Ich meine, er war ein Arschloch«, sagte Werner Sebald nach einer Weile, »aber trotzdem …« Tränen traten ihm in die Augen. Monika Maiwald schob ihm eine Packung Taschentücher zu. »Irgendwie war er der einzige, der meine Mutter noch gekannt hat … Ach Scheiße!«, stieß er hervor und begann sich zu schnäuzen.

Er schaute sie an. »Ich hab noch nie einen toten Menschen gesehen, verstehen Sie?«

Die Maiwald nickte. »Haben Sie ihn angefasst, um …«

»Nein!« Er fuhr zurück und hob erschrocken die Hände. »Ich sah ja dann den Blutfleck auf dem Boden … und seine Augen … die Augen waren halb offen…« Er drehte schnell den Kopf hin und her, um das Bild wieder abzuschütteln. »Ich konnte mich nicht vom Fleck rühren. Irgendwie dämmerte mir, dass jemand Eberhard umgebracht hatte.« Er rüttelte wieder an seinen Brillenbügeln. »Vielleicht war der ja noch im Haus.«

»Es fiel Ihnen nicht ein, die Polizei zu rufen?«

Sebald schien die Frage gar nicht gehört zu haben. »Ich wollte so schnell wie möglich weg. Als ich mich umdrehte, sah ich, dass der Tresor offen stand.« Er verzog das Gesicht zu einer Grimasse. »Ich hatte den beim Reingehen gar nicht bemerkt.«

»Wussten Sie, dass Ihr Stiefvater einen Safe hatte?«

»Es war von ihm nie die Rede. Ich meine, er redete sowieso kaum mit mir und schon gar nicht über Geschäftliches.«

Monika Maiwald streckte vorsichtig das Bein mit dem eingegipsten Fuß aus. »Der Tresor war also offen, sagten Sie.«

Er fasste mit beiden Händen das leere Glas, wie um sich festzuhalten. »Ich wollte abhauen. Ich wollte mit dem Toten nicht länger in einem Raum sein, verstehen Sie. Aber dann sah ich das Geld.«

»Was war in dem Safe genau?«

»Ich war ziemlich durcheinander«, er grinste, »aber Geldscheine sind Geldscheine, oder?«

»Das Geld lag lose im Tresor?«

»Nur ein paar Fünfziger.«

»Was noch?«

»Irgendwelche Papiere, Bedrucktes. Aber dann hab ich gesehen, dass ein Kuvert vor das Ölbild auf den Boden gefallen war.«

»Was für ein Kuvert?«

»So ein gelbes, gepolstertes. Ich hab‘s genommen und bin raus, hoch in meine Wohnung.«

»Was war in dem Kuvert?«

»Münzen und Geld. Ich hab beim Hochrennen reingeschaut, der Umschlag war ja nicht zu.«

»Was waren das für Münzen?«

»Goldmünzen. In so Plastikvierecken.« Er deutete die Größe an.

»Und wieviel Bares?«

»Ich hab’s nicht gleich gezählt.«

Er hob das Glas und schaute hinüber zu Fehrholz. »Kann ich ...?«

Die Fehrholz ging noch einmal Wasser holen.

»Sagen Sie, Herr Sebald, auf die Idee, gleich die Polizei anzurufen, sind Sie nicht gekommen?«

Monika Maiwald fuhr kurz und entschlossen mit dem Kugelschreiber in den Gipsverband und schabte.

Sebald schenkte sich ein. »Ich hatte Angst, die Polizei anzurufen.«

»Warum?«

»Warum, warum! Ich wär doch sofort verdächtigt worden.« Er trank hastig und verschüttete etwas Wasser. »Ist ja auch passiert, oder?«, sagte er und wischte sich den Mund ab. »Da seid ihr doch schnell – die haben sich gestritten, also hat er ihn umgebracht, so denkt ihr doch. Wenn man weiß, wie die Polizei ...«

»Sie haben das Haus verlassen«, unterbrach ihn die Kommissarin, »und dann?«

»Ich wollte nur noch weg. Bin wieder nach Karlsruhe gefahren.«

»Nachts um halb zwei?«

»Na und?«

»Haben Sie Verwandte oder Freunde in Karlsruhe?«

Er schüttelte den Kopf. »Ich wollte wieder zu Corinna. Ich musste mit irgendjemand reden.«

Monika blätterte in den Unterlagen vor ihr. »Da steht nicht, dass Sie an diesem Sonntag, beziehungsweise Montag, noch einmal ...«

»Ich hab geklingelt, sie hat nicht aufgemacht. Ich hab

auch auf dem Handy angerufen. Ich wusste, dass sie oft die Klingel und das Handy abstellt.«

Die Kommissarin machte sich eine Notiz. »Und dann? Ich meine, es war mitten in der Nacht.«

Sebald rutschte erst unruhig auf seinem Stuhl hin und her, dann saß er still und in Gedanken versunken da.

»Herr Sebald!«, ermahnte ihn schließlich die Kommissarin.

Er begann die Zigarette auf dem Tisch zu zerbröseln. »Ich hab im Auto übernachtet. Ich bin am Morgen noch mal zu Corinna. Ich dachte, jetzt macht sie auf.«

»Und – hat sie?«

»Eine Nachbarin hat mir gesagt, dass sie schon ganz früh weggefahren ist.«

»Das war am Montagvormittag.«

Er zerriss das Zigarettenpapier in kleine Schnipsel. »Ich wollte einfach nicht heim. Geld hatte ich ja.«

»Wieviel?«

Er überlegte, ob er antworten sollte. »Ein paar tausend.«

»Wieviel tausend?«

»Knapp viertausend.«

»Sie sind also in Karlsruhe geblieben.«

Er winkte resigniert ab. »Hat aber nichts gebracht. Ich war viel zu durcheinander.« Er nahm die Brille ab und rieb sich die Augen. »Inzwischen war mir klar, dass Lena nach Eberhard geschaut haben würde. Die telefonierten ja regelmäßig. Und wenn der sich nicht meldete…«

»Sie haben Lena Wehrle angerufen?«

»Am Dienstag dann ...«

Dic Kommissarin beugte sich vor.

»War Ihnen nicht klar, dass die Polizei Sie suchen würde?«

»Das war mir schon klar. Deswegen bin ich dann ja auch heim.«

»Aber eine Nacht waren Sie noch in Karlsruhe?«

Er nickte.

»Wieder im Auto?«

»Ich war in einem kleinen Hotel in der Nähe des Bahnhofs.«

Monika Maiwald musste sich sehr beherrschen, nicht schon wieder mit dem Kugelschreiber in den Fußgips zu fahren. »Haben Sie, als Sie Sonntagnacht heimkamen, etwas Besonderes vorm Haus oder im Haus bemerkt?«

»Nein. Es herrschte doch sowieso Chaos.«

»Oder im Haus selbst. Immerhin bestand die Möglichkeit, dass der oder die Täter was verloren oder liegengelassen hatten.«

Sebald zuckte mit den Schultern. »Nein, nichts.«

»Haben Sie selbst etwas weggenommen im Büro – oder verändert?«

Er verzog wieder den Mund. »Ich hab mir nur die Scheine geschnappt.« Und auf ihren kritischen Blick hin: »Mir ist nur die Kuckucksuhr auf dem Boden aufgefallen – das war schon … ungewöhnlich. Der Alte war doch immer so pingelig.«

21

Als Reiche nach Hause kam, blinkte der Anrufbeantworter. Reiche beschloss zuerst den Brief zu lesen, der im Briefkasten gewesen war, Absender: Gemeinde Auerswies Friedhofsamt. In dem Schreiben wurde ihm mitgeteilt, dass der Stein auf dem Grab der Familie Reiche sich nach vorn gesenkt habe und zu kippen drohe. Es müsse, wie es im Amtsdeutsch hieß, möglichst bald Abhilfe geschaffen werden.

Reiche rief Ingrid an und las ihr den Brief vor.

»Benno von der Friedhofsgärtnerei hat mir letztes Jahr schon mal so was angedeutet«, sagte seine Schwester. »Ist es so schlimm?«

»Keine Ahnung. Ich werd's mir ansehen.«

In einem Anfall von Großzügigkeit bot Ingrid an, sich um die Sache zu kümmern. Aber zu seiner eigenen Überraschung winkte Reiche ab. »Lass mal, ich mach das. Ich bin ja doch näher dran als du.«

Er hatte das Gefühl, noch heute auf den Friedhof zu müssen. Wenn er sich beeilte, würde er vor Einbruch der Dämmerung in Auerswies sein.

Während der Fahrt wunderte er sich. Warum war ihm das jetzt so wichtig? Warum hatte er es so eilig? Im Grunde wusste er die Antwort: Er brauchte Abstand. Er wollte nicht weiter darüber grübeln, ob dieser Fall wohl sein erster sein würde, den sie nicht lösten. Im Moment sah es ganz danach aus. Sie waren an einem toten Punkt. Er hatte keine Ahnung, wie es weitergehen sollte. Doch irgendwie würde es weitergehen …

Die Fahrt ins Dorf kam ihm wie gerufen. Abgesehen davon gefiel ihm der kleine Friedhof. Er liebte die Bäume hier, Ahornbäume und Platanen, die wie sanfte Wächter an den Wegen standen. Sie hatten etwas Beruhigendes und Beschützendes.

Eigentlich ging es ihm gar nicht so sehr um den Grabstein und auch nicht um die Toten. Als seine Mutter starb, war er sieben, als seine Großeltern kurz hintereinander starben, ging er in die vierte Klasse. Und doch hatte er das Gefühl, als er vor dem schiefen Granit mit den eingemeißelten Namen stand, mit ihnen verbunden zu sein. Vielleicht war es dieses Gefühl der Verbundenheit, das er gesucht hatte und weswegen er hier war.

Er gehörte zu den letzten Besuchern des Friedhofs. Nur im Parallelgang sah er noch zwei Frauen, die vor einem Grab standen und sich laut unterhielten, so, als wollten sie die Verstorbenen an ihrem Gespräch teilhaben lassen.

Reiche ging langsam zurück. Es war still, zu hören war nur das Knirschen seiner Schritte auf dem Kies. Er schaute nach oben in den Himmel, der schon blass wurde, und zu den Wipfeln der Bäume, deren Laub die intensiven Rottöne des Herbstes annahmen. Es roch vage nach Blumen und nach dem Kompost in den Gitterpaletten. Er las die Inschriften und Verse auf den Grabsteinen. Er sah, dass am Ende alles seinen friedlichen Platz fand: Das, was vom äußeren Leben übrig geblieben war, reduzierte sich auf ein Dutzend Zeichen und Zahlen.

Auf der Bank neben dem kleinen, nur hüfthohen Springbrunnen, saß jemand. Reiche wunderte sich. Die Dämmerung war hereingebrochen, ein sanfter Nebel kündigte sich an.

Reiche erkannte den Ketterer-Toni. Er trat zu ihm. »Servus, Toni …«

Er saß sehr aufrecht, einen Schirm neben sich und wie immer in seinem dunklen, abgeschabten Anzug.

Der andere schaute auf, kniff die Augen zusammen.

Reiche war unsicher geworden. »Möchtest du allein sein?«

Ketterer-Tonis Gesicht erhellte sich. »Paul, du bisch's! Dich hab ich grad net erwartet. Hock dich her!« Er legte die Hand neben sich auf die Bank. »Bisch auf Spuresuche?«

Reiche setzte sich. »Im weitesten Sinn.«

Toni lächelte. »Hier ende alle Spure.«

»Ich hab nach unserm Grabstein gesehen. Der hat sich gesenkt«, sagte Reiche.

Der Ketterer-Toni nickte. »Der saumäßige Rege in d'r letschte Zeit! Der hat den Bode aufgweicht.«

Sie schwiegen.

»Hasch du gwusst«, begann der Ketterer-Toni nach einer Weile, »dass des mit denne Elefantefriedhöf gar net stimmt?«

»Was nicht stimmt?«

»Dass die alde Elefante alle an oin gmeinsame Ort gehe, um zu sterbe.«

»Das ist nicht wahr?«

»Noi.«

»Ach?« Reiche sah den alten Mann an. »Mir hat die Vorstellung von den Elefanten-Friedhöfen immer gefallen.«

Der Toni griff nach seinem Schirm und erhob sich. »Gell, denne Elefande hätt mer's zugetraut, gscheit, wie se sind.«

Die Frau, die am Vormittag im Kommissariat erschien, eine Frau Bohl, fragte nach Kommissar Hettich. Hettich war außer Haus, er hatte sich bereit erklärt, zu Sebalds Beerdigung zu gehen.

Silberchen Fleig wollte von Frau Bohl wissen, um was es sich handle, und schickte sie dann zu Hauptkommissar Reiche.

Reiche war dabei, Berichte zu schreiben, die Sebald-Akte zu vervollständigen, eine Arbeit, die ihm lästig war und die er schnell hinter sich zu bringen suchte. Freilich konnte sie seiner Stimmung nichts anhaben, die sich seit gestern Abend aufgehellt hatte – nach dem Telefongespräch mit Doris. Die hatte ihn gefragt, ob seine Einladung zum Essen noch bestehe.

Nein, hatte Paul gesagt, sie sei ort- und zeitgebunden gewesen, wie eine Theaterkarte.

Betroffenes Schweigen am anderen Ende der Leitung.

Es bestehe natürlich die Möglichkeit, hatte Reiche nach einer genüsslichen Pause hinzugefügt, eine neue Einladung auszusprechen. Diese sei allerdings an eine Bedingung geknüpft.

»Aha – und an welche?«, wollte Doris wissen.

»Ich will wissen, was das für ein Besuch am Sonntag gewesen ist. Seinetwegen hast du mich sausen lassen.«

»Will mich da jemand kontrollieren?«, fragte Doris.

»Ja«, knurrte Paul.

»Eifersüchtig?«

»Und wenn es so wäre?!«

»Ich könnte dich anlügen.« Es klang heiter. Sie spürte, dass Reiches Groll wegen der Absage am Sonntag verflogen war.

»Ich bin Polizist, ich krieg alles raus«, sagte Reiche.

»Also gut – mein Besuch war eine Frau.«

Paul brummte etwas.

»Reicht es, wenn ich Details später nachliefere – zum Beispiel beim Essen?«

Reiche schreckte aus seinen Gedanken hoch, als jemand vor seinem Schreibtisch stand. Er sah eine blaue Dreivierteljacke, darunter einen Pulli und Jeans. Eine Frau um die vierzig, mit karottenroten Haaren und einem Herzchenmund. Ihre Hand lag auf einer großen braunen Umhängetasche.

»Ja, bitte?«

»Bohl mein Name.« Sie öffnete die Tasche, holte einen Zettel heraus und warf einen Blick darauf. »Ein Kommissar Hettich war bei uns im Haus und hat die Leute befragt. Meine Nachbarin hat mir gesagt, dass er auch nach mir gefragt hat. Es geht um den Sebald, gell? Schrecklich.«

Von Barden war hinzugetreten. »Sie kannten Eberhard Sebald?«

»Nur vom Sehen. In seinem Laden war ich nie.«

»Die Befragung in ihrem Haus war vor einer Woche …«

Sie lächelte kurz. »Ich war bis vorgestern im Urlaub.«

Reiche schob ihr den Besucherstuhl hin und sie setzte sich. »An dem Sonntag waren Sie zu Hause?«

»Es war mein letzter Nachtdienst und gleich danach bin

ich in Urlaub.« Sie fügte hinzu: »Ich bin Krankenschwester.«

»Sie haben etwas beobachtet an diesem Abend?«

Frau Bohl strich sich mit einer schnellen Bewegung die Haare hinter die Ohren. »Vielleicht ist das ja lächerlich… ich hab überlegt, ob ich überhaupt herkommen soll. Aber dann geschieht so etwas vor der eigenen Haustür! Das ist doch furchtbar …!«

»Sie haben etwas gesehen?«, insistierte von Barden.

Sie zuckte mit den Schultern.

»Gott, was heißt gesehen …«

»Bitte!« Reiche forderte sie mit einer Geste auf, zu erzählen.

Sie schaute zu von Barden und dann zu Reiche. »Ich hatte an dem Sonntag Nachtdienst. Eigentlich beginnt meine Schicht um zehn, aber ich brauch mindestens eine halbe Stunde in die Klinik, meist sogar länger. Ich hätte also um viertel nach Neun losfahren müssen, aber das Unwetter war noch nicht abgezogen. Irgendwie wollt ich nicht schon auf die Straße. Ich hab auf der Station angerufen und gesagt, ich komm später, ich muss mich einigermaßen sicher fühlen. Das haben die auch verstanden.«

Von Barden zog sich vom Nachbartisch einen Stuhl heran und setzte sich.

»Ich bin dann kurz vor zehn gefahren«, fuhr Frau Bohl fort. »Auf den Straßen sah es zum Teil wüst aus, aber mein Wagen hat Gott sei Dank vor dem Baum geparkt, den es bei uns umgehauen hat.«

Als sie zögerte fortzufahren, machte Reiche eine auffordernde Geste. Frau Bohl neigte offensichtlich zu einer gewissen Weitschweifigkeit, aber die Kommissare spürten, dass sie etwas zu sagen hatte.

Sie fing noch einmal von vorn an, ihre Zweifel ließen ihr keine Ruhe. »Wissen Sie, ich bin jetzt doch gekommen, weil mich die Sache beschäftigt hat, nachdem die Polizei extra bei uns im Haus war. Ich meine, in dieser Nacht ist doch niemand in sein Auto gestiegen, der nicht unbedingt musste, oder?«

Reiche nickte. »Sie haben also ein Fahrzeug bemerkt?«

»Das Auto ist direkt vor mir losgefahren.«

»Sie haben vor dem Uhrengeschäft geparkt?«

»Nein, da ist Halteverbot. Um die Ecke, zwanzig Meter weiter.«

Von Barden hatte sein Notizbuch aufgeschlagen. »Und was war das für ein Wagen?«

»So ein blauer, so ein Kastenwagen. Also schon ein Personenwagen, aber so ein praktischer. Einer, wo man hinten ein Fahrrad reinschieben kann.«

»Saß ein Mann am Steuer oder eine Frau?«

»Das hab ich nicht sehen können. Ich hab den Wagen aus der Parklücke rausfahren sehen und noch gedacht, ach, auch so ein armes Schwein, das trotz des Sauwetters raus muss.«

»Haben Sie zufällig das Kennzeichen erkannt?«

»Also nur OG, Offenburg. Die Nummer, da hab ich nicht drauf geachtet.«

»Ist Ihnen sonst noch etwas an dem Fahrzeug aufgefallen? War es beschriftet?«

»Sie meinen so ein Firmenlogo? Nein.«

»Gut, Frau Bohl, dass Sie gekommen sind.« Reich stand auf. »Ein Kollege wird Ihnen verschiedene Automodelle zeigen und Sie sagen uns, welches Fabrikat der Wagen Ihrer Meinung nach gewesen sein könnte.«

»Jetzt gleich?«

»Ja. Der Kollege Schubert wird das machen.« Reiche deutete nach vorn in den Raum, wo sich Schubert bereits erhoben hatte.

»Na, das ist doch schon mal was«, sagte von Barden, als er und Reiche sich von Frau Bohl verabschiedet hatten.

»Ruf du an«, sagte Reiche. Von Barden musste grinsen. Sie hatten den gleichen Gedanken.

Von Barden rief an. Frau Wagmüller war am Telefon. Er fragte, ob sie wüsste, was für ein Auto ihr Besuch gefahren habe. »Sie meinen Herrn Mayer?«, fragte Frau Wagmüller.

»Ja, Ihr Besuch vom vorletzten Sonntag.«

»Was für ein Auto der fährt? Das weiß ich nicht. Wie kommen Sie auf Herrn Mayer, der …«

»Eine reine Routinesache«, beruhigte sie von Barden. »Haben Sie seine Adresse?«

»Ich hab seine Telefonnummer.«

Zwanzig Minuten später kannten sie die Adresse von Herrn Mayer. Und dann sein Autokennzeichen. Und dann, was er für einen Wagen fuhr.

22

Der Mann, der sich gegen den Wind stemmte, hielt mit der einen Hand seinen Hut fest, mit der anderen stützte er sich auf einen Stock. Er hielt sich dicht an der Hauswand, während er auf seinen Wagen zuhinkte. Als er am Haus auf der anderen Straßenseite die Leuchtschrift »Uhren Sebald« bemerkte, zögerte er kurz. Die Maske, murmelte er. Dann überquerte er eilig die Straße. Das Schaufenster des Uhrengeschäftes war erleuchtet. Auch im Ladeninneren brannte noch Licht und ein Mann durchquerte gerade den Laden.

Der Hinkende wollte schon weitergehen, als er innehielt und noch einmal einen Schritt zurück trat. Er presste das Gesicht an die Scheibe und deckte mit der Hand, die den Hut gehalten hatte, die Spiegelung ab, um an all den Uhren, Glaspodesten und Vitrinen vorbei, noch einmal einen Blick auf die Person im Laden zu werfen. In diesem Moment legte der Mann im Laden etwas auf die Verkaufstheke und drehte sich dabei in Richtung Schaufenster.

Das Gesicht des Hinkenden veränderte sich, zeigte Überraschung und ungläubiges Staunen. Er murmelte etwas und richtete dann erneut seinen Blick auf den Mann im Laden. Seine Rechte umklammerte den Knauf des Stockes so fest, dass die Knöchel weiß hervortraten. Ein Windstoß fuhr auf und stieß ihm den Hut vom Kopf. Der Hut rollte über die Straße, aber der Mann achtete nicht darauf. Er ging am Ladeneingang vorbei zur Tür des Hauses.

Einige Zeit nachdem er an der Haustür geklingelt hatte,

sprang Licht im Hausflur an. Dann wurde geöffnet und Eberhard Sebald stand in der Tür.

»Also doch«, sagte der Hinkende, der eine Stufe tiefer auf der Eingangstreppe stand. Er sagte es so leise, dass es kaum zu hören war.

»Ja bitte?« Sebald sah unwirsch auf die Gestalt mit dem Stock, die vom grellen Licht der Flurlampe beleuchtet wurde.

In diesem Moment wich alle Farbe aus seinem Gesicht. »Du?!«

»Willst du mich nicht reinlassen?« Hinter dem Mann mit dem Stock fegte der Sturm Zweige und Blätter über die Straße.

Zögernd trat Sebald zur Seite. Der andere hinkte an ihm vorbei und blieb dann wartend stehen. Einen Moment war Sebald unsicher, ob er hoch in die Wohnung oder in den Laden gehen sollte. Im Laden brannte noch Licht. Er ging durch den Verkaufsraum in sein Büro.

Während der Hinkende ihm folgte, schaute er sich aufmerksam um. »Hier bist du also untergetaucht«, sagte er.

»Was?«, fragte Sebald und drehte sich um.

Sebald blieb vor seinem Schreibtisch stehen.

Der Besuch bewegte sich mit schlurfendem Schritt an ihm vorbei und zog den Stuhl heran, der vor dem Bücherregal stand. Er setzte sich und streckte das rechte Bein aus. Den Stock behielt er in der Hand. »Wieso heißt du Sebald?«, fragte er und musterte den Uhrmacher.

»Was willst du?«

Der Hinkende lachte kurz auf. »Das ist nun wirklich eine gute Frage!« In diesem Moment blickte er auf die gegenüberliegende Wand und bemerkte die Maske. »Ach, da ist sie ja!«

Sebald war seinen Blicken gefolgt. »Was ist mit ihr?«

»Nichts, nichts.«

»Wie hast du mich gefunden?«

Der Besuch lehnte sich im Stuhl zurück. »Reiner Zufall. Als ich dich gesucht habe – und ich hab dich verdammt lange gesucht – hab ich dich nicht gefunden.« Er lächelte zufrieden. »Und jetzt, wo ich das Suchen aufgegeben hab, läufst du mir über den Weg.«

Sebald hatte sich an den Schreibtisch gelehnt, die Hände abgestützt. »Winfried, lass uns in aller Ruhe …«

»Ach, du weißt noch meinen Namen?«

»Die Geschichte ist über zwanzig Jahre her – längst verjährt.«

»Bei mir nicht. Dass du deinen eigenen Bruder …« Auf Sebalds heftige Handbewegung hin verbesserte er sich: »Na gut, Halbbruder, betrogen und hintergangen hast, das ist nicht verjährt!« Sein Gesicht verzerrte sich vor Zorn.

Sebalds Körper war starr vor Anspannung. »Das alles war nicht so geplant, das weißt du.«

Der Hinkende warf den Kopf zurück. »Ach, es war nicht geplant, dass du dich mit dem ganzen Geld absetzt?«, rief er höhnisch. »Na, da bin ich aber froh!«

Beide schwiegen einen Moment. Die Vergangenheit war wiedergekehrt. Wie ein bleiernes Gewicht füllte sie den Raum.

Schließlich fragte Sebald: »Was willst du?«

»Was ich will?« Der Hinkende streckte das rechte Bein vor und deutete darauf. »Einen gesunden Fuß will ich als erstes. Das versteifte Fußgelenk verdank ich dir …«

»Ich wusste nicht, dass …«

Winfried Mayer fiel ihm barsch ins Wort. »Natürlich weißt

du nichts. Du hast dich ja sofort aus dem Staub gemacht, der Wagen war ja gar nicht mehr da, als ich kam! Du hast mich den Bullen als Köder überlassen.« Er atmete schwer.

»Es hätte keinem was gebracht, wenn sie uns beide erwischt hätten.«

»Na klar, da ist es schon besser, der eine krallt sich den Zaster und lässt seinen Kumpel auflaufen!«

Sebald räusperte sich. »Hatte ich nicht vor.«

Mayer winkte zornig ab. »Geschwätz!« Er versuchte seinen Atem unter Kontrolle zu bekommen. »Weißt du, wie lange ich in Breisach auf dich gewartet hab?«

Sebald nahm die große Lupe, die auf dem Tisch lag, in die Hand und legte sie gleich wieder hin. »Es wäre viel zu gefährlich gewesen, uns noch einmal zu treffen. Die waren uns doch dicht auf den Fersen.«

Der andere lachte bitter. »Wem sagst du das. Wenn ich die drei Meter nicht runtergesprungen wäre, hätten sie mich gehabt.«

»Na, du hast es ja geschafft.«

»Mann, was bist du für ne kranke Ratte!« Mayers Atem ging pfeifend. »Weißt du, wie das für mich war, mit dem gebrochenen Fuß unterzukommen? Ohne Job, ohne Geld?«

»Für mich war es auch nicht leicht, das kannst du mir glauben!«

Als habe er Sebalds Bemerkung nicht gehört, fuhr Mayer fort: »Wie lange hab ich auf ne Nachricht von dir gewartet! Auf irgendein Zeichen.«

Sebald rückte die Filzunterlage auf dem Schreibtisch gerade. »Ich bin dann erstmal ins Ausland.«

»Na prima!« Mit dem Stock deutete Mayer in den Raum. »Du

hast dir ja hier ne richtig heile Welt zusammengezimmert. Ohne Gewissensbisse, was?« Er schüttelte den Kopf. »Und dann hast du dir auch noch einen anderen Namen zugelegt. Wie hast'n das gemacht?« Er winkte ab. »Egal. Ich will's gar nicht wissen.«

»Okay, Winfried, ist schon klar, dass du sauer bist. Aber nun müssen wir eine Lösung finden.«

Mayer ging nicht drauf ein. »Ein schöner Laden! Und ein prächtiges Haus! Bist ein richtig solider Geschäftsmann geworden. Am Ende hast du auch noch Familie. Ist deine Frau oben?« Er beugte sich vor. »Kinder?«

Sebald antwortete nicht.

Draußen war der Sturm zu einem Geheul angeschwollen. Irgendetwas Blechernes wurde scheppernd über die Straße getrieben. Mayer deutete über die Schulter. »Das passt doch, oder? Da draußen wird auch Tacheles geredet.«

Dann deutete er auf die Wand gegenüber. »Eberhard der Maskensammler, Herr – wie war doch der Name? Seheim? – Herr Seheim der Maskensammler. Der Bankräuber als Saubermann! Chapeau!«

Es war, als hatte Sebald das Gefühl, zu nahe bei seinem Bruder zu stehen. Er trat ans Fenster. »Das ist doch Schnee von gestern«, sagte er über die Schulter.

Mayer hustete. »Apropos gestern. Wieviel waren es denn? In der Zeitung stand was von vierhunderttausend.«

Sebald schaute, indem er die Lamellen zur Seite schob, nach draußen. »Das hat die Bank angegeben«, sagte er, mit Rücken zu Winfried. »Aber soviel war es nicht.«

»Wieviel war es dann?«

Sebald ließ sich für die Antwort Zeit.

»Knapp dreihunderttausend«, sagte er schließlich.

Mayer pfiff durch die Zähne. »Aber hallo!«

Sebald ging zum Schreibtisch und zog eine Schublade auf. »Hör zu, Winfried. Das Ganze ist lang her. Was passiert ist, ist passiert, weder du noch ich können was dran ändern. Du kriegst Geld von mir und verschwindest wieder.« Einem Schreibmäppchen entnahm er den Tresorschlüssel. »Du hast ja inzwischen auch dein eigenes Leben.« Und er fügte hinzu, indem er seinen Bruder ansah: »Was machst du jetzt eigentlich?«

»Ich sammle Masken«, antwortete Winfried mit fiependem Atem und fing an zu lachen.

Sebald ging zur Wand, nahm das Bild ab und öffnete den Tresor. Hinter seinem Rücken sagte Mayer: »Du schuldest mir hundertfünfzigtausend Mark, das sind fünfundsiebzigtausend Euro, dazu Zinsen und Schmerzensgeld – sagen wir hundertfünfzigtausend Euro. Dabei kommst du noch gut weg.«

Sebald drehte sich um. »Willst du mich erpressen?« In der Linken hielt er ein Kuvert, seine rechte Hand steckte etwas in die Jackentasche.

Mayer lachte keuchend. »Dich erpressen? Aber ja!«

Sebald legte das Kuvert auf den Schreibtisch. »Das sind zehntausend Euro, mehr hab ich im Moment nicht flüssig.«

Mayer stemmte sich vom Stuhl hoch, und sich auf den Stock stützend, ging er zum Tisch. Er öffnete das Kuvert, zählte die Scheine und schüttelte den Kopf. »Mann-Mann, du kannst es nicht lassen! Das sind nur achtfünf.«

Das Geld auf den Tisch werfend, wandte er sich an Sebald. »Meinst du, du kommst so billig davon?«

Sebalds Rechte glitt in die Jackentasche. »Dann sind es eben nur achtfünf«, knurrte er. Er zog die Pistole heraus und richtete sie auf Mayer. »Nimm das Geld und verschwinde!«

Mayer wich einen Schritt zurück. Aber er fing sich schnell. »Was soll das? Willst du mich abknallen?«

Sebald ging drohend auf ihn zu. »Ich will, dass du abhaust – und dich nicht mehr blicken lässt!«

»Das würde dir so passen!«, fauchte Mayer.

Sebald entsicherte die Pistole.

Unsicher machte Mayer einen weiteren Schritt nach hinten – und stolperte. In Sebalds Gesicht zeigte sich maßlose Verblüffung, als ihm Mayer noch im Fallen mit dem Stock einen mächtigen Hieb versetzte.

23

Bevor sich Reiche in Begleitung Martin von Bardens Richtung Gengenbach auf den Weg machte, informierte er Kriminalrat Hoffmann und Staatsanwalt Geiger über die letzten Erkenntnisse. Vor allem von Geiger holte er sich Rückendeckung, falls kurzfristig ein Durchsuchungsbeschluss, Mayers Büro und Wohnung betreffend, notwendig werden sollte.

Danach führte Reiche noch zwei Telefonate. Er rief Ingrid an und bat sie, sich jetzt doch um den Grabstein zu kümmern. Und er führte ein kurzes Gespräch mit Doris, in dem er sie bat, noch ein wenig Geduld zu haben. Er könne für das Essen noch keinen Termin vorschlagen.

»Das ist aber keine Retourkutsche?«, fragte Doris misstrauisch.

»Nein«, sagte Reiche ernst.

»Gut, ich warte.« Und sie fügte hinzu: »Pass auf dich auf!«

Unter der Adresse seiner Wohnung in der Nähe von Gengenbach war auch Mayers Antiquitätengeschäft aufgeführt. Da Reiche kein Navigationsgerät in seinem Wagen besaß, brauchten er und von Barden eine Weile, bis sie den kleinen Ort und Mayers Laden gefunden hatten.

Mayers Haus war ein Eckhaus, dessen Hofeinfahrt durch eine hohe Mauer aus Naturstein vom Nachbargrundstück abgegrenzt wurde. Das Nachbarhaus existierte nicht mehr.

Dort stand jetzt ein Abrissbagger und um ihn herum ein großer Haufen Schutt.

Die Verkaufsräume waren im Hinterhof in einer ausgebauten Scheune untergebracht. Im Vorderhaus, einem sanierten zweistöckigen Fachwerkhaus, befand sich, wie sie am Klingelschild feststellten, Mayers Wohnung. Der Hof war relativ klein. An seiner rechten Seite verband eine hohe Mauer aus kunstvoll aufgeschichtetem Brennholz Scheune und Wohnhaus. Die Hofeinfahrt führte direkt aufs große Scheunentor zu.

Rechts und links der Einfahrt standen bemalte Milchkannen. Über dem Tor der Scheune befand sich ein Holzschild, auf dem in Frakturschrift *Bauernmöbel Antiquitäten Winfried Mayer* stand. Der Hof war gepflastert und sauber gekehrt.

Hof und Scheune wirkten seltsam verlassen, niemand war zu sehen. Reiche und von Barden schauten sich um, als seien sie auf der Suche nach einem rustikalen Möbelstück.

Den Heuboden in der Scheune hatte man entfernt und keine Zwischendecke eingezogen, so dass das imposante Gebälk zu sehen war. Es wirkte hell und frisch. Die rechte Scheunenwand war durch zwei große Fenster durchbrochen, die, zusammen mit dem offenen Tor, Licht spendeten. Der große Raum war vollgestellt mit Bauernmöbeln: bemalten, aber auch abgebeizten Kleiderschränken, Küchenschränken mit verglasten Türen, Truhen und wuchtigen Kommoden, mit Tischen und Stühlen, Nachtkästchen und Sitzbänken. Das Mobiliar war zum größten Teil restauriert, nur im hinteren Teil der Scheune standen ein paar

Schränke und Kommoden noch in ihrem altersschwachen Urzustand.

Im linken Teil der Scheune hatte man eine Mauer hochgezogen und eine Zwischendecke gespannt und so einen von der Ausstellungsfläche abgetrennten Raum geschaffen. Auf der Tür, die einen Spalt geöffnet war, stand *Büro*.

»Hallo, Herr Mayer!«, rief von Barden.

Niemand antwortete. Der Kommissar klopfte an die Tür, bevor er sie langsam aufdrückte.

»Hier ist keiner.«

Das Büro hatte keine Fenster, sondern bezog das Licht von an der Wand entlang geführten, verdeckten Neonröhren. Auch hier gab es diverse Bauernmöbel: eine Koffertruhe, einen abgebeizten Kleiderschrank, einen schmalen Küchenschrank und eine hohe, bemalte Kommode sowie etliche Hocker und Stühle. Nur der Schreibtisch passte nicht zum bäuerlichen Mobiliar. Es war ein altes, verschrammtes Trumm aus der Vorkriegszeit, das wahrscheinlich in irgendeiner Behörde gestanden hatte.

An den Wänden hingen ein dunkles Ölbild, auf dem kaum etwas zu erkennen war, zwei Schützenscheiben mit diversen Einschusslöchern, ein altes Emailschild, das den Erdalfrosch zeigte und ein runder Spiegel mit einem beschädigten Goldrahmen. Der Fußboden war mit alten Teppichen belegt, die intensiv nach Staub rochen.

Die Kommissare bewegten sich langsam und gleichsam vorsichtig im Raum, gewärtig, dass jeden Moment der Hausherr auftauchen konnte. Es kam aber niemand. Es blieb still.

Von Barden entdeckte sie. Er pfiff leise durch die Zähne und winkte Reiche. An der Wand hinter dem Schreibtisch, zwischen dem Küchenschrank, in dem Mayer Ordner und Papiere deponiert hatte, und einer alten Hinterglasmalerei hing die Maske des *Hirrlinger Butz*.

»Na also«, sagte Reiche.

Von Barden nahm sein Handy und fotografierte sie.

Plötzlich sagte eine Stimme hinter ihnen: »Ja, bitte?«

In der Tür stand ein junger Mann, er war lang und mager. Auch sein Gesicht, das Gesicht eines Mittzwanzigers, war schmal, bedeckt von einem modischen Bartschatten. An seinem Gürtel steckte in einer Tasche sein Handy.

»Wir hätten gern Herrn Mayer gesprochen«, sagte Reiche.

»Herr Mayer ist grad nicht da«, sagte der Lange, ging zum Schreibtisch und griff mit seinen großen knochigen Händen nach dem Handy, das da lag. »Kann ich Ihnen helfen?«

»Wann kommt er wieder?«, fragte von Barden.

»Er ist eine Truhe ausliefern. Das kann dauern.« Er sah die Kommissare misstrauisch an. Er ahnte, dass sie keine der üblichen Kunden waren: »Um was geht's denn?«

Reiche zeigte seinen Ausweis.

Der junge Mann blickte sie erschrocken an.

»Wir müssen Herrn Mayer in einer persönlichen Angelegenheit sprechen.«

»Ja, also – bitte – ich – «, stotterte der Lange.

»Und Sie sind Herr – ?«, fragte von Barden.

»Stoll«, sagte der Angesprochene. Er hatte sich gefasst.

»Er ist zum Bergwerk. Mit dem Oliver.«

»Was für ein Bergwerk und wer ist Oliver?«

»Das Besucherbergwerk«, sagte Herr Stoll.

Von Barden war so schlau wie vorher. »Und Oliver?«

Herr Stoll lächelte kurz. »Der Junge von gegenüber, sein Patenkind. Er hat versprochen, wenn er schon oben ist und die Truhe abliefert, Oliver zu einer Führung durchs Bergwerk einzuladen.«

Reiche ging zur Tür, er hatte ein Geräusch gehört. Im Tor der Scheune stand ein älteres Ehepaar, unsicher, ob es weitergehen sollte.

Reiche zog die Tür zu. »Wann sind sie denn los?«

Stoll zuckte mit den Achseln. »Vor ner Viertelstunde vielleicht.«

»Aber sein Wagen steht doch draußen«, bemerkte von Barden.

»Er ist mit dem Transporter gefahren.« Stoll legt das Handy, das er die ganze Zeit in der Hand gehalten hatte, wieder hin.

»Wo ist dieses Bergwerk?«

»In der Nähe von Haslach.«

Reiche und von Barden sahen sich an.

»Ich kann nicht mal anrufen«, Stoll deutete auf das Handy, »er hat's liegengelassen.«

»Wissen Sie, wie der Mann heißt, dem Herr Mayer die Truhe liefert?«

»Ja natürlich, der Herr Rotgut, der richtet dort im Bergwerksbüro irgendein Zimmer ein.«

»Wir fahren hin«, entschied Reiche.

Sie ließen sich den Weg beschreiben. »Sie können sich gar nicht verfahren. Vor Haslach ist's ausgeschildert.«

Als sie das Büro verließen, trat der Besucher, ein soignierter Herr mit Tweedjacket und Einstecktuch, auf von Barden zu und sagte: »Wir interessieren uns für den Spiegelschrank, der …«

Der Kommissar deutete auf Herrn Stoll, der ihnen gefolgt war. »Das ist unser Experte …«

Während der Fahrt schwiegen sie. Beide spürten, dass sie in ihren Ermittlungen an einem entscheidenden Punkt angekommen waren.

24

Reiche hatte sich einen markant gekennzeichneten Eingang in das Bergwerk vorgestellt, aber das, was sie sahen, nachdem sie den Wagen auf dem Parkplatz abgestellt hatten, war ein zweistöckiges Backsteingebäude, das etwas erhöht in zweihundert Meter Entfernung lag. Nachdem sie es in einem kleinen Fußmarsch erreicht hatten: von Stolleneingang auch hier keine Spur.

Sie fanden Herrn Rotgut im Souterrain des Hauses. Er war dabei, Latten zurechtzusägen. Offenbar sollten sie ein Gestell vervollständigen, das in der Mitte des weiß getünchten Raumes stand. Auf dem Boden lag ein flacher gläserner Schaukasten, für den das Gestell wohl gedacht war. An der Wand hing eine farbige Tafel, die einen Schnitt durch das Bergwerk zeigte, einen *perspektivischen Überblick durch das Grubengebäude*, wie die Unterzeile lautete.

Rotgut war ein mittelgroßer Mann mit einer kleinen runden Brille und einem imposanten Schnauzbart, der ihm über die Mundwinkel hing.

»Wir suchen Herrn Mayer«, sagte Reiche. In der Ecke neben der Tür entdeckte er das Möbelstück. »Der Ihnen diese Truhe da gebracht hat.«

»Der isch mit'm Junge grad in ner Führung.« Herr Rotgut legte den Fuchsschwanz zur Seite und maß die Leiste nach, die er gerade abgeschnitten hatte. »Um was goht's denn?«

»Um was Persönliches«, sagte Reiche, der hier kein Aufsehen erregen wollte. »Was ist das für eine Führung?«

»Ha, durchs Bergwerk halt.« Herr Rotgut schaute über den Brillenrand und musterte die Besucher.

»Dürfen Kinder da überhaupt rein?«, fragte von Barden.

»Natierlich. Der Bu isch doch scho neun.«

»Und wie lang dauert so was?«

»Oinehalb Stunde.« Rotgut nahm den Besen, der an der Wand lehnte, und begann die Sägespäne zur Seite zu fegen.

»Das heißt, es kann dauern, bis er wieder zurück ist?«

Rotgut nickte. »Obe könnet Se auf ihn warte.« Damit betrachtete er die Unterhaltung als beendet.

»Wo ist eigentlich der Eingang zu diesem Bergwerk?«, fragte Reiche.

Rotgut streckte vage den Arm aus. »Immer de Weg hoch, noch dreihunnert Meter.«

»Würde ich mir gern mal anschauen«, sagte von Barden.

Rotgut hörte mit dem Fegen auf und wandte sich ihnen wieder zu. »Da könnet Se allein net rei. Da muss e Führer dabei sei. Warte Se halt auf die nächscht Führung.« Er musterte von Barden genauer. »Interessiert Sie's?«

»Auf jeden Fall«, sagte von Barden.

Rotgut überlegte einen Moment. Dann stellte er den Besen hin. »Kommet Se.«

»Du gehst«, sagte Reiche, »ich warte hier.«

Im großen Raum daneben befand sich die Umkleide. Von Barden bekam eine gelbe Regenjacke und einen Helm, sowie Gummistiefel. So ausgerüstet stapfte er neben Rotgut den Weg hoch zum Mundloch des Erbstollens, wie sein Führer es nannte. Überhaupt verwandelte sich der, seit er ebenfalls die Schutzkleidung trug, in einen Bergwerksführer, der sich fortan bemühte, hochdeutsch zu sprechen.

Er erzählte, dass es früher, ganz früher, im Schwarzwald weit über hundert Silberstollen gegeben habe. Ohne den Reichtum, der aus diesen Bergwerken geflossen sei, sagte Rotgut und hob die Hand, in der er die klobige Lampe hielt, hätten die Münster in Freiburg und Straßburg nicht gebaut werden können.

Das Mundloch erwies sich als ein relativ kleiner, mit groben Steinen ummauerter Einstieg. Der Gang, der folgte, war so schmal, dass ihn der mollige Rotgut, der voranging, ganz ausfüllte. Er scheuerte auch immer wieder mit seiner gelben Jacke an den grob behauenen Wänden, und auch in der Höhe war der Stollen so knapp bemessen, dass von Barden die meiste Zeit gebückt laufen musste. Auf dem Boden hatte sich Wasser gesammelt, das mit jedem Schritt aufspritzte.

Der enge Gang erinnerte von Barden an den Schlund eines Menschen, wie man ihn von einschlägigen Bildern kannte. Und es war, wie er fühlte, ein *zusammengepresster* Gang. Von Barden glaubte die Schwere des Berges, die Wucht der vielen Tonnen Stein förmlich zu spüren. Unvorstellbar für ihn, dass hier Menschen in meist kniender Haltung gearbeitet hatten, um das im Stein eingeschlossene Metall allein mit Schlägel und Meißel rauszuhauen, Tag um Tag, Nacht für Nacht.

Es gab eine schwache elektrische Beleuchtung, wobei Rotgut anmerkte, früher habe man natürlich nur Fackeln gehabt, es sei also wesentlich dunkler hier drin gewesen. Noch dunkler, dachte von Barden, der spürte, wie seine

Neugier an der Geschichte des Bergbaus im Schwarzwald drastisch abnahm, je weiter sie sich in dem engen und kühlen Steingang vorwärts tasteten.

Hundertsechzig Meter, sagte Rotgut, hätten die Bergleute seinerzeit mit ihren primitiven Werkzeugen den Gang vorwärts treiben müssen, bevor sie auf Erz gestoßen seien. Wenn Rotgut sprach, blieb er stehen und drehte sich um. Sie standen dann dicht aufeinander und im Licht der Handlampe blitzten seine Brillengläser. Die bedrückende Enge nahm von Barden fast den Atem. Er tippte Rotgut auf die Schulter.

»Wir gehen zurück.«

»Aber der Erbstollen ist gleich zu Ende und wir kommen in die Abbaukammer!«, beschwor ihn der Schnauzbart. Er war sichtlich enttäuscht.

»Es ging mir mehr um einen generellen Eindruck«, murmelte der Kommissar und schlug bereits den Rückweg ein.

Nach einer knappen Stunde kam die Besuchergruppe zurück. Alle trugen gelbe Regenjacken und hatten Helme auf. Es sah aus, als kämen Bergleute von der Schicht.

Neben einem blonden Jungen ging ein älterer Mann, der leicht hinkte und auf den sein kleiner Begleiter mit den Händen gestikulierend einredete. Reiche und von Barden nickten sich unmerklich zu. Am Wassertrog am Backsteinhaus säuberten sich die Bergwerksbesucher mit Bürste und Schwamm die Stiefel. Als der Hinkende seine gelbe Jacke ausgezogen hatte und aus dem Umkleideraum kam, sprach ihn Reiche an.

»Herr Mayer?«

Mayer hatte aus der Umkleide einen Stock mitgebracht, den er jetzt zur Seite legte, um seine Schuhe zu binden.

»Ja?« Er schaute auf. Er hatte ein breites, fülliges Gesicht mit einer Kerbe im Kinn.

»Können wir Sie einen Moment sprechen?« Reiche deutete mit den Augen auf den Jungen. Sie gingen ein paar Schritte zur Seite.

Reiche zeigte seinen Ausweis. »Ich bin Hauptkommissar Reiche und das ist mein Kollege von Barden. Wir hätten ein paar Fragen an Sie.«

Wenn Mayer erschrocken oder verwundert war, gelang es ihm gut, das zu verbergen. »Aha«, sagt er, »und was verschafft mir die Ehre?«

»Hören Sie, wir wollen in Ruhe mit Ihnen reden und kein Aufsehen. Auch wegen des Jungen. Wir begleiten Sie nach Hause.«

»Begleiten?« Er runzelte die Brauen. »Wie soll das aussehen?«

Reiche deutete mit dem Kinn auf von Barden. »Mein Kollege fährt mit Ihnen und ich folge im Wagen.«

Mayer wollte etwas erwidern, aber in diesem Augenblick kam der Junge auf sie zu und schwenkte ein großes Foto. »Wow, kuck mal, Onkel Winfried! Jetzt hab ich doch noch das Bild mit dem Malachit bekommen!«

Mayer nickte zerstreut, zu Reiche meinte er, indem er in die Jackentasche griff und ein Papier herausholte: »Ich will Rotgut nur noch schnell die Rechnung geben.«

Er verschwand im Haus und nun wandte sich Oliver, der

immer noch aufgeregt und erfüllt von seinem Bergwerksbesuch war, den Kommissaren zu. Als Reiche dem Jungen zuhörte, der mit roten Backen von Kristalldrusen und Stalaktiten, von einem Wagen im Stollen, der *Hund* hieß und vom Feuer im Berg erzählte, fiel ihm ein, dass er sich im gleichen Alter ebenfalls für Mineralien und Steine interessiert hatte, eine Passion, die sich aber bald wieder verloren hatte.

Wie beiläufig sahen dann Reiche und von Barden, begleitet von Olivers Ausruf »Da fährt ja Onkel Winfried schon!«, einen cremefarbenen Transporter mit der Aufschrift *Winfried Mayer Bauernmöbel Antiquitäten* die schmale Straße hinter dem Backsteingebäude hinunterpreschen.

»Scheiße!«, entfuhr es Reiche.

In diesem Moment wurde ihm klar, dass Mayer seinen Wagen, um die Truhe abzuladen, nicht unten auf dem Parkplatz abgestellt hatte, sondern zum Haus hochgefahren war.

Nun ging alles schnell. Von Barden spurtete zum Wagen. Reiche schob Oliver, der über die überraschende Abfahrt seines Onkels erstaunt, aber nicht beunruhigt war, zu Herrn Rotgut, der weiter in seinem Informationszentrum hämmerte und sägte. Er zeigte dem Mann seinen Dienstausweis. »Mayer ist weg. Wir suchen ihn. Passen Sie solange auf den Jungen auf. Wir schicken einen Streifenwagen, der ihn heimfährt.«

Rotgut blickte erstaunt über seine Brille. »Was ist denn los? Was ist mit Winfried? Warum …«

Aber da eilte Reiche schon die Straße hinunter zum Parkplatz. Von Barden drückte im Wagen gerade auf seinem

Handy ein Gespräch weg. »Funkfahndung und Ringfahndung laufen. Die Dienststelle in Gengenbach ist benachrichtigt, die schicken einen Wagen zum Laden, falls Mayer dort doch noch auftaucht.«

»Nehme ich nicht an«, meinte Reiche. »Ruf noch mal an. Die Gengenbacher sollen einen Streifenwagen schicken, der den Jungen heimfährt.«

Während von Barden telefonierte, holte Reiche eine Straßenkarte aus dem Handschuhfach und breitete sie aus. »Weit kann er mit dem Transporter nicht fahren, der ist zu auffällig.«

Von Barden steckte das Handy weg. »Du meinst, bis zur Grenze riskiert er's nicht?«

»Nein.«

»Am Übergang Kehl-Straßburg ist er in einer Stunde!«

»Er weiß, dass wir sein Auto schon auf dem Bildschirm haben.« Reiche schaute sich die Region näher an. »Was würdest du an seiner Stelle machen?«

»Den Zug nehmen.«

»Genau. Er kann schon in Gengenbach in den Zug steigen und die Schwarzwaldbahn Richtung Donaueschingen-Singen nehmen.«

»Richtung Schweizer Grenze«, meinte von Barden.

Reiche nickte und deutete auf die Karte, »Oder er wählt die Rheintalstrecke Richtung Freiburg-Basel.«

»Wenn er überhaupt über die Grenze will.«

»Du meinst, er könnte auch nach Norden fahren.«

»Eben.«

Reiche zuckte mit den Schultern. »Okay, kann er. Aber

die Frage ist doch, was können wir zwei jetzt machen? Däumchen drehen?«

»Also mit dem Zug ins Ausland.«

»Ja.«

»Er kann ein Auto mieten.«

»Zu umständlich. Nicht anonym genug.«

Von Barden nickte. »Bleiben wir beim Zug.«

Reiche fuhr mit dem Finger die Strecke entlang. »Wenn er die Hauptstrecke nimmt, kann er nach Norden, also über Kehl ins Elsass, oder er fährt nach Süden Richtung Basel.«

»Oder er nimmt, wie gesagt, die Schwarzwaldbahn«, warf von Barden ein.

»Die fährt nicht so oft.«

»Du meinst, wir sollten ihm auf gut Glück nachfahren?«

Reiche zuckte mit den Schultern. »Wir können es versuchen. Weißt du was Besseres?«

Sie schwiegen einen Moment.

»Die Frage ist doch«, begann Reiche erneut, »wo könnte sich Mayer Unterstützung holen?«

»Du meinst, er wendet sich an einen Freund – oder eine Freundin?«

Reiche nickte. »Wir wissen nicht: Hat er genügend Geld bei sich, beispielsweise seine Scheckkarte? Und Geld braucht er auf jeden Fall.«

»Das spricht dafür, dass er nach Freiburg geht. In einer Großstadt hat so jemand eher Freunde.«

»Könnte auch Karlsruhe sein. Aber Karlsruhe ist zu weit weg – theoretisch betrachtet.«

»Jedenfalls muss er erst mal von der Bildfläche verschwinden«, meinte von Barden. »Seine Personenbeschreibung ist raus. Er hinkt, also fällt er auf. Das weiß er.«

25

Von Bardens Handy brummte. »Die Funkleitzentrale«, sagte er mit einem Blick auf das Display. Er schaltete den Lautsprecher ein.

»Hier Polizeiobermeister Fuchs«, tönte es laut, »wir stehen vor dem Haus des gesuchten Winfried Mayer.«

»Was gibt es?«, fragte von Barden.

»Ja, also er ist da.«

Reiche und von Barden wechselten einen Blick. »Sie sagen, Winfried Mayer ist in seiner Wohnung?«

»Hinten in der Scheune«, sagte Polizeiobermeister Fuchs. »Wir stehen direkt vor dem Haus und können durch die Einfahrt in den Hof sehen. Er bewegt sich in der Scheune, er war auch am Tor, also gut zu sehen, und ist jetzt im Büro.«

»Sind Sie sicher, dass es Mayer ist?«

»Ich kenn ihn«, sagte Polizeiobermeister Fuchs. »Der Mann da hinkt, er ist es.« Und als nicht gleich eine Reaktion kam, fragte er: »Sollen wir ihn festnehmen?«

Reiche überlegte. »Wissen Sie, ob das Gebäude einen Hinterausgang hat?«

»Hat es nicht.«

»Nehmt ihn nur fest, wenn er das Haus verlässt. Sonst nicht. Wir kommen. Wir fahren sofort los. Ende.«

Von Barden fuhr so schnell, wie es die Verhältnisse zuließen. Reiche hatte kurz überlegt, ob er Verstärkung anfordern sollte, dann erschien es ihm aber übertrieben, zwei Streifenwagen zu einem älteren Herrn zu schicken, der hinkte.

Dass Mayer nach Hause gefahren war, konnte nun nicht mehr als Flucht gelten. Er musste doch damit rechnen – und tat es wohl auch – dass sein Haus überwacht wurde. Erst diese spektakuläre Flucht vom Bergwerk – und nun diese Kehrtwendung. Was hatte der Mann vor?

Als sie in den Ort einfuhren, begriff Reiche. Mayers Haus und Laden hatten sich in eine riesige Fackel verwandelt, deren Flammen rotglühend in den Himmel schossen. Es sah aus, als würde ein ganzes Viertel brennen. Die Feuerwehr konnte noch nicht lange hier sein. Drei große Feuerwehrwagen, deren Blaulicht gespenstisch über die angrenzenden Häuser huschte, standen wie verkeilt auf der kleinen Kreuzung, beschienen vom flackernden Feuer des brennenden Hauses. Behelmte Männer mit grellen Streifen auf den dunklen Jacken rannten hin und her, hantierten an den Wägen, waren dabei, Schläuche an ihren Fahrzeugen und an Unterflurhydranten anzuschließen.

Reiche und von Barden standen wie gebannt. Trotz allem Schrecken, den das Geschehen zeigte, war es auch ein Schauspiel, dessen archaische Wucht faszinierte. Von Barden sah, die Hand über den Augen, wie gefesselt in die Flammen.

In der Luft lag ein fortdauerndes Knacken und Knistern, und immer wieder sprühte aus den emporschießenden Flammen ein Funkenregen. Vor der Absperrung von Polizei und Feuerwehr hatte sich eine Schar Neugieriger versammelt. Niemand sagte etwas. Die Menge verharrte in einem fast ehrfürchtigen Schweigen.

Die Automotoren heulten auf und aus den Rohren schoss der Wasserstrahl mit aggressiver Wucht in den Brand. Sofort hüllte Dampf die Umgebung ein. Beißender Rauch quoll aus der Feuerwand, die Risse bekam, als das Wasser zischend in sie einschlug und graue Wolken das Rot des Feuers für Augenblicke verhüllten.

Reiche und von Barden schoben sich durch die Menge der Schaulustigen vor zu den Streifenwagen. Bereits im ersten Wagen stießen sie auf Polizeiobermeister Fuchs und seinen Kollegen. Fuchs schaute betreten auf seine Schuhspitzen, als Reiche sich vorstellte. Nein, er habe Mayer nicht das Haus verlassen sehen, sagte Fuchs. Das Feuer habe sich unbegreiflich schnell ausgebreitet. Die Feuerwehr sei innerhalb von dreizehn Minuten da gewesen, sie hätten immerhin von Gengenbach kommen müssen, und auf dem Herweg gebe es eine Baustelle mit nur einspuriger Streckenführung, aber selbst ein Laie habe sehen können, dass da nichts mehr zu retten war, er sei der Meinung, dass ... Er verstummte, als er Reiches Gesicht sah.

Nach längerem Suchen fand Reiche den Einsatzleiter, dessen Gesicht selbst zu glühen schien. Der sagte, im Wohnhaus sei niemand gewesen. Von Nachbarn habe er erfahren, dass das junge Pärchen, das im Parterre wohnte, Anfang der Woche in Urlaub gefahren sei. Auch Stoll, Mayers Angestellter, habe das Haus verlassen. Ob Mayer selbst noch in der Scheune gewesen sei, wisse man nicht. Allerdings hätte ihn auch niemand das Haus verlassen sehen.

So rasend schnell wie sich das Feuer entwickelt habe, sagte der Einsatzleiter, müsse man von Brandstiftung ausgehen. Anscheinend seien sowohl in der Scheune als auch im Wohnhaus Brandbeschleuniger eingesetzt worden. Den Rest habe die Beschaffenheit des Hauses erledigt, das ja fast nur aus Holz bestehe.

26

Sie fuhren langsam und schweigend in die einsetzende Dunkelheit zurück, Reiche müde und niedergeschlagen. Er machte sich Vorwürfe. Wahrscheinlich hätte er Mayer gleich von der Schutzpolizei festnehmen lassen sollen – wenn es denn gelungen wäre. Denn offensichtlich war Mayer ein Mann, der sich aufs Entkommen verstand. Er hatte den Einsatzwagen vor seinem Haus sicher wahrgenommen und es war mehr als zweifelhaft, ob er sich von Polizeiobermeister Fuchs hätte abführen lassen.

Nach einiger Zeit, während er fuhr, unterbrach von Barden das Schweigen und sagte: »Irgendwie hat diese Fasnetmaske keinem Glück gebracht – und jetzt ist sie verbrannt.«

Während er auf die dunkle Straße starrte, bemerkte Reiche: »Ob sie wirklich verbrannt ist, wissen wir nicht.«

Als er eine Stunde später die Haustür aufschloss, kamen ihm Herr und Frau Zuwand entgegen. Sie hatten sich fein gemacht und waren dabei auszugehen. Der Hausmeister hob kurz die Hand zum Gruß und Reiche dachte schon, er käme unbehelligt an dem Zerberus vorbei. Aber ein Hausmeister ist immer im Amt. »Gut, dass ich Sie treffe, Herr Reiche«, sagte der in Anzug und Krawatte gesteckte Zuwand. »Sie wissen ja, ich brauch unbedingt den Zweitschlüssel von Ihnen, es ist in Ihrem eigenen Interesse.«

»Ich denke dran«, murmelte Reiche und schob sich an ihm vorbei.

Am Küchentisch, während er lustlos ein halbes Brot aß, gingen ihm die Bilder der vergangenen Stunden nicht aus dem Kopf. Immer wieder sah er die brennende Häuserzeile und spürte die Hitze, die herüberwehte. Nachdem er eine Flasche Bier ausgetrunken hatte, ging er ins Bett, überzeugt, trotz Müdigkeit nicht einschlafen zu können.

Grübelnd wälzte er sich von einer Seite auf die andere und fand sich schließlich im Back-Shop in Auerswies wieder, dem einzig übrig gebliebenen Laden im Dorf, in dem er manchmal, wenn er nach dem elterlichen Hof schaute, auf den Ketterer-Toni stieß, der dort regelmäßig seine Tasse Kaffee trank.

Auch jetzt stand der ehemalige Elektriker an einem der Stehtische. Er schien Reiche dünner und schmaler geworden, wenn das überhaupt noch möglich war. Und er trug zu Pauls Verwunderung grüne Gummistiefel.

Der Ketterer-Toni blickte hinaus auf die Straße, aber eigentlich schaute er ins Ungefähre. Er trank einen Schluck Kaffee und sagte dann: »Paul, hast du dir das schon mal überlegt: Es kann nur Dinge geben, weil es auch Dinge nicht gibt.«

Der Kommissar sah ebenfalls auf die Straße, wo sich eine größere Menschenmenge versammelt hatte. Es waren anscheinend nur Männer, alle dunkel gekleidet und Reiche überlegte, ob sie auf den Bus warteten, denn die Haltestelle war gegenüber. Die Menschen standen seltsam steif, wie erfroren. Da sah Reiche, dass es lauter Feuerwehrleute waren.

»Zum Beispiel«, fuhr der Ketterer-Toni fort, »wenn es Elefanten gibt, muss es auch Nichtelefanten geben.«

»Nichtelefanten gibt es genug«, sagte Reiche.

Der Ketterer-Toni nickte. »Schon. Aber es kann nie mehr Nichtelefanten geben als Elefanten.«

Der Kommissar war überrascht. »Nein?«

Der Ketterer-Toni wandte den Kopf und die kleinen dunklen Augen in dem mageren Gesicht sahen Reiche stechend an. »Niemals«, sagte er.

Mit diesem *Niemals* wachte Reiche auf. Wieviel Uhr war es? Er war doch noch eingenickt. Er schaute auf die Uhr: halb sechs! Unglaublich! Er hatte durchgeschlafen!

Die Augen offen, starrte er in die Dunkelheit. Letzte Reste des Traums hingen ihm noch nach, vor allem die erstarrten Feuerwehrmänner vor dem Dorfladen wollten nicht weichen. Jetzt, im Nachhinein, spürte er, dass etwas Bedrohliches und Unheimliches von der Menge ausgegangen war.

Reiche stand auf, ging zum Fenster und öffnete es. Kalte Luft strömte herein. Er atmete tief durch. Noch war kein Morgenschimmer zu sehen, aber die Nacht war vorbei. Von der nahen Kirche schlug die Turmuhr Dreiviertel. Reiche hörte zu, als lausche er einem Musikstück. Der Klang der Glocke hatte etwas Vertrautes und Tröstendes.

Er brauchte einige Zeit, bis er registrierte, dass das Geräusch, das er vernahm, sein Handy in der Jackentasche war. Um diese Zeit?

Er nahm ab und meldete sich.

»Spreche ich mit Hauptkommissar Reiche?«

»Ja.«

»Hier ist Oberkommissar Zimmer.«

»Was gibt es?«

»Wir haben den gesuchten Winfried Mayer festgenommen.«

Reiche überlegte, ob sich hier jemand einen Scherz erlaubte und mit verstellter Stimme sprach. »Sagen Sie das noch mal.«

»Wir haben vor einer halben Stunde die ausgeschriebene Person, Winfried Mayer, festgenommen.«

»Wo?«

»Auf dem Bahnhof in Kehl.« Und er fügte hinzu: »Ich hab in Kehl Bereitschaft.«

27

Mayer betrat, wie immer leicht das Bein nachziehend, das kleine Vernehmungszimmer ohne Stock, aber mit Handschellen. Er sah blass und erschöpft aus und hatte dunkle Ringe unter den Augen. Die kurzen, in die Stirn nach vorn gekämmten grauen Haare betonten das Kantige seines Kopfes. Auch wenn er übernächtigt war und zweifellos angespannt, erweckte er nicht den Eindruck unsicher oder eingeschüchtert zu sein.

Auf einen Wink von Reiche nahm ihm der Polizeimeister, der ihn hereingeführt hatte, die Handschellen ab. Mayer schaute sich aufmerksam im Raum um, bevor er sich setzte.

Ihm gegenüber hatte von Barden Platz genommen, der Hauptkommissar stand. Silberchen Fleig saß am PC, um zu protokollieren. Staatsanwalt Geiger lehnte, die Arme verschränkt, am großen Aktenschrank.

Bevor Reiche etwas sagen konnte, fragte Mayer, ob es möglich sei, eine starke Tasse Kaffee zu bekommen. Die Fleig stand sofort auf, um sich darum zu kümmern. Auf Mayers fragenden Blick in Richtung Geiger bemerkte Reiche, Staatsanwalt Geiger werde während der Vernehmung dabei sein.

Mayer trank dann einen großen Schluck des dampfenden Kaffees und umfasste anschließend die Tasse mit beiden Händen. Es waren breite, kräftige, dunkel behaarte Hände. Auf die Frage, ob er einen Anwalt hinzuziehen wolle, winkte er barsch ab.

Reiche, der ihm auf der anderen Seite des Tisches gegenüberstand, fragte: »Warum sind Sie am Bergwerk geflohen?«

»Ich bin nicht geflohen, ich bin heimgefahren«, sagte Mayer und man sah, wie seine Kiefermuskeln mahlten.

»Und haben einen neunjährigen Jungen zurückgelassen.«

»Ich hatte es eilig.«

»Was lag an?«, fragte von Barden, der wie immer sein Notizbuch vor sich liegen hatte.

Jetzt hob Mayer den Kopf und grinste sein Gegenüber an. »Ich war nicht sicher, ob ich die Herdplatte ausgemacht hab.«

Von Bardens Augenbraue ging nach oben. »Offensichtlich nicht«, murmelte er.

»Und was hat Sie nach Kehl geführt?«, fragte Reiche.

»Ich wollte nach Frankreich.« Mayer rückte ein Stück vom Tisch weg und lehnte sich zurück.

»Was machen?«

Mayer deutete auf seinen Fuß. »Ausspannen.«

»Und vorher haben Sie ihr Haus in Brand gesteckt?«

Mayer zeigte keinerlei Überraschung. »Davon weiß ich nichts. Als ich gegangen bin, stand es noch.«

Seine Sätze hatten etwas Monotones, als würde er sie ablesen.

»Erzählen Sie uns, was in der betreffenden Nacht bei Sebald passiert ist«, sagte Reiche. Und als Mayer nicht antwortete: »Oder wissen Sie davon auch nichts?«

Mayer nickte, aber es war ein nachdenkliches, abwehrendes Nicken, bevor er antwortete.

»Wagmüllers haben mir von der Maske erzählt. Ich wollte sie mir mal ansehen.«

»Aber es war Sonntag, der Laden geschlossen.«

»Ich hab an der Haustür geläutet.«

»Wann war das?«

»So gegen sechs, halb sieben. Ich wollte schnell heim. Wegen des Sturms.«

»Sebald hat also geöffnet ... War er nicht überrascht? Jemand Fremdes klingelt am Sonntag an der Haustür ...«

Mayer sah auf und Reiche kam es vor, als huschte ein Lächeln über sein Gesicht. Als er antwortete, war es starr wie zuvor.

»Ich hab gesagt, ich wüsste von den Wagmüllers von der Maske und würde sie mir gern anschauen – und eventuell kaufen.«

»Sebald hat Sie also reingelassen«, sagte von Barden.

»Ja.«

»Und gesagt, dass ihm die Maske gehört.«

Jetzt schien Mayer doch überrascht. »Davon bin ich ausgegangen.«

»Und hat er sie Ihnen verkauft?«

Mayer zögerte kurz. »Wir haben gehandelt. Er wollte fünfhundert. Das war viel zu viel.«

»Aber Sie haben sich geeinigt?«

»Auf dreihundert.«

»Dann hat er Ihnen die Maske gegeben?«

Mayer nickte. »Für dreihundert.«

»Und dann?« Von Barden fixierte sein Gegenüber.

In den letzten Minuten hatte Mayer immer schwerer

geatmet. »Dann bin ich gegangen.« Er musste husten, wobei er mit einer unwirschen Geste die Hand vor den Mund hielt.

»Wann war das?« fragte Reiche.

»Gegen sieben, vielleicht etwas später«, sagte Mayer, nachdem sein Husten abgeklungen war.

»Sie sind heimgefahren?«

»Ja.«

»Trotz des Sturms?«

»Ich hab Glück gehabt. War zu Hause, bevor es richtig losging.«

»Kann das jemand bezeugen?«

Mayer zuckte die Achseln.

Reiche kam an den Tisch und beugte sich, die Hände abgestützt, Mayer entgegen. »Herr Mayer, ein Zeuge hat gesehen, wie Ihr Wagen kurz vor zweiundzwanzig Uhr aus der Nebenstraße von Sebalds Laden abgefahren ist. Er hat sogar das Kennzeichen erkannt.«

Mayer schloss kurz die Augen. »Der Zeuge muss sich geirrt haben.«

Für einen Moment war Stille im Raum. Geiger in seiner Ecke kontrollierte den Sitz seiner Fliege. Von Barden sah Mayer erwartungsvoll an.

»Sie fahren einen blauen Kangoo?«, fragte Reiche.

»Ja.«

Reiche wandte sich ab und ging die drei Schritte zum Stadtplan neben der Tür.

»Die Sache ist einfach«, sagte er und betrachtete den Plan. »So viel blaue Kangoos mit Offenburger Kennzeichen wird es nicht geben.« Er drehte sich um. »Die Alibis der Besitzer sind schnell überprüft.«

Mayer schwieg. Zu hören war nur das leise Rasseln seines Atems.

Reiche stellte sich neben Mayer. »Ich will Ihnen sagen, wie es war. Sie sind mit Sebald über den Preis der Maske in Streit geraten. Es kam zu einer tätlichen Auseinandersetzung.«

Winfried Mayer schaute starr geradeaus ohne zu reagieren.

»So wie es aussieht, ist Sebald mit seiner eigenen Waffe erschossen worden.«

Von Barden schaltete sich ein. »Hat er Sie bedroht?«

Mayer hatte wieder die Hände um die Tasse gelegt und antwortete nicht.

»Es ist dieselbe Pistole, die wir in Ihrem Rucksack gefunden haben«, sagte Reiche.

»Es ist für uns kein Problem festzustellen«, ergänzte von Barden, »ob das Projektil, das wir in Sebalds Büro gefunden haben, aus dieser Waffe stammt.«

»Und es stammt aus dieser Walther«, fügte Reiche hinzu.

Mayer schwieg. Silberchen Fleig nahm die Hände von den Tasten und trank aus ihrer Wasserflasche.

Es sah ganz so aus, als würde Mayer von nun an nichts mehr sagen.

In das Schweigen hinein hörte man plötzlich Staatsanwalt Geiger: »Wenn Sie kooperieren, würde Ihnen das natürlich angerechnet – im weitesten Sinn.«

Mayer sagte etwas, das in seinem Räuspern unterging.

»Bitte?«

Mayer wiederholte: »Ja, er hat mich bedroht.«

Ein neuer Hustenanfall hinderte ihn weiterzusprechen. Nachdem er abgeklungen war, holte er sein Taschentuch hervor und schnäuzte sich. Seine Hand zitterte. »Ich hab ihm das Geld gegeben«, fuhr Mayer schweratmend fort, »er hat es genommen und ist zum Safe. Als er sich umdrehte, hatte er die Pistole in der Hand.«

»Die Pistole war im Safe?« fragte von Barden.

»Nehme ich an. Dann hat er gesagt, ich soll verschwinden. Aber die Maske lag noch auf dem Schreibtisch.« Er schüttelte den Kopf. »Ich wollte sie nehmen, ich hatte sie ja bezahlt. Da sagte er: Die bleibt da.«

Er machte eine Pause.

»Ich hab die Maske trotzdem genommen. Sebald hat die Pistole entsichert und gesagt: Leg sie wieder hin.«

Von Barden kritzelte etwas in sein Notizbuch und hob dann den Kopf. »Er hat Sie geduzt?«

»Wie? Nein. Wieso?« Für einen Moment war Mayer verwirrt.

Reiche wollte keine Unterbrechung. »Sie haben also die Maske wieder hingelegt?«

»Ja. Er hat mit der Pistole rumgewedelt und mich Richtung Tür gedrängt.« Winfried Mayer tippte auf den Tisch, als läge dort die Waffe. »Ich meine, das Ding war entsichert. Als er so rumgefuchtelt hat, hab ich ihm mit dem Stock die Pistole aus der Hand geschlagen. Dabei bin ich gestolpert und gestürzt und hab den Stock verloren, hab aber am Boden nach der Pistole greifen können.«

Er fuhr sich nervös übers Kinn, in dessen Mitte die Kerbe wie ein kleines Auge stand. Auf Mayers Wangen trat deutlich ein Geflecht feiner roter Äderchen hervor.

»Der Mann ist völlig ausgerastet und hat sich auf mich gestürzt.« Er sah zu Geiger hinüber, als gälte nur ihm dieser Satz. »Es war Notwehr.«

»Auf Sie gestürzt – wie sah das aus?«, fragte Geiger.

»Er hat sich meinen Stock geschnappt und wollte zuschlagen. Ich lag ja am Boden.«

»Und?«

»Da hab ich geschossen.«

Zu hören war nur das leise Klicken der Tastatur an Fleigs Computer. Reiche zog einen Stuhl heran und setzte sich mit an den Tisch.

Mayers Atem hatte wieder diesen leisen Pfeifton, als er weitersprach. »Ich war danach völlig fertig und hab gemacht, dass ich davonkam.«

»Aber Sie haben nicht vergessen, die Pistole einzustecken«, bemerkte Reiche.

»Haben außerdem noch den Safe leergeräumt und die Maske mitgenommen«, stellte von Barden fest.

Mayer schüttelte den Kopf. »Aus dem Safe hab ich nichts genommen. Dass ich die Maske in der Hand hatte, das ist mir erst später bewusst geworden.«

»Sie sind nicht auf die Idee gekommen, sich um Sebald zu kümmern?« fragte Reiche.

Mayer hob entschuldigend die Hand. »Ich hab nicht angenommen, dass er ...« Er stockte. »Ich hab gedacht, er ist nur verletzt.« Er hustete und wischte sich fahrig über den

Mund. »Ich war doch unter Schock. Ich – ich hab gedacht, nur weg, raus hier.«

In die Stille hinein, die folgte, sagte von Barden unvermittelt: »Woher haben Sie eigentlich Ihre Fußverletzung?«

Winfried Mayer sah mit einem Ruck auf. Er zwinkerte nervös. Dann sagte er: »Die! Das ist lang her.« Er schaute auf das ausgestreckte Bein. »Eine Sportverletzung.«

28

Zu Mittag war Reiche zwei Straßen weiter zum Supermarkt gegangen und hatte sich ein Brötchen und ein Paar Landjäger gekauft. Nach den ersten Bissen merkte er, dass er keinen Hunger hatte. Er steckte den angebissenen Landjäger zum Brötchen in die Tüte.

Im Flur des Kommissariats stand von Barden neben dem Wasserspender, der vor kurzem angeschafft worden war. Man musste das Wasser aus kleinen spitzen Papierbechern trinken, die man unsinnigerweise nicht hinstellen konnte. Von Barden hatte einen halbvollen Becher in der Hand und schaute aus dem Fenster in den Innenhof.

Reiche stellte sich neben ihn und beide schwiegen. Auf der Platane, die ihrem Fenster am nächsten war, saßen zwei Krähen bewegungslos nebeneinander.

Reiche wusste, dass für sie der Fall so gut wie abgeschlossen war. Aber im Moment fühlte er sich zu müde, um darüber Genugtuung zu empfinden.

Der Kommissar, der kurz zuvor den Bericht der Spurensicherung gelesen hatte, nahm einen Becher und ließ Wasser einlaufen. »Mayers Fingerabdrücke sind auf dem Tresor nicht nachweisbar.« Er trank einen Schluck. »Was nicht viel heißt, da die Tür mit Fingerabdrücken von Werner Sebald übersät ist.«

Von Barden, der das alles wusste, nickte. Er musste daran denken, wie wenig Schubert über Winfried Mayer in Erfahrung gebracht hatte. Der schien wirklich ein unbeschriebenes Blatt – ein *auffällig* unbeschriebenes Blatt, wie der junge Kommissar fand. Mayer war 1948 in Göttingen geboren. Offenbar war er aber schon bald nach Freiburg gezogen. Jedenfalls war er dort ab 1972 gemeldet. Dann verlor sich von ihm jede Spur. Erst 1990 tauchte er wieder im Melderegister von Gengenbach auf.

»Woraus ich nicht schlau werde«, sagte von Barden, »Mayer behauptet, er sei um sechs, halb sieben zu Sebald. Sebald ist aber, wie die Pathologie sagt, frühestens 21 Uhr erschossen worden. Mayers Auto ist um zehn abgefahren.«

»Das heißt«, nahm Reiche den Faden auf, »Sebald kann auch um halb Zehn oder dreiviertel Zehn erschossen worden sein.«

Die linke Krähe trippelte zwei Schritte auf die rechte zu. Worauf die rechte, um den alten Abstand zu behalten, zwei Schritte weiter rückte.

»Und von halb Sieben bis dreiviertel Zehn«, fuhr von Barden fort, »haben sie über die Maske gestritten?«

»Kann doch sein, dass Sebald schon kurz nach Neun tot war und Mayer hat sich danach noch im Haus umgesehen.«

Von Barden hob die Hand. »Aber das war riskant! Er musste doch damit rechnen, dass noch jemand im Haus ist.«

»Er war bewaffnet«, sagte Reiche. »Und als sich nach dem Schuss im Haus nichts gerührt hat …« Der Kommissar machte eine Pause. »Der war noch im Laden und in der Wohnung, da wette ich. Da finden wir Spuren, jetzt, wo wir die Fingerabdrücke und seinen DNA-Abgleich haben.«

»Vergiss nicht«, wandte von Barden ein, »dass sich sowohl Mayer als auch Werner Sebald nach Sebalds Tod ungehindert im Haus umsehen konnten.«

»Hm.« Reiche spürte, wie sein Interesse an dem Fall bereits nachließ.

»So ganz klar ist mir die Sache noch nicht«, sagte von Barden. »Meiner Meinung nach steckt da noch mehr dahinter, etwas, das wir bisher noch nicht gesehen haben.«

»Was soll das sein?«

»Weiß ich nicht.«

Reiche wandte sich ihm zu. »Wir haben den Mann, der Sebald erschossen hat. Alles Weitere wird sich finden.«

Von Barden schaute in den Hof, dessen Boden mehr und mehr von Herbstblättern bedeckt war. »Mich wundert«, sagte er, »dass ihr Streit so eskalieren konnte. Das glaub ich einfach nicht, dass sich zwei wildfremde Menschen wegen 300 Euro so in die Haare kriegen.«

Reiche trank seinen Becher aus und warf ihn in den Papierkorb. »Es sind sich schon Leute wegen weniger an die Kehle.«

29

Doris ließ sich in ein stadtbekanntes Restaurant ausführen, dessen Besitzer vor einiger Zeit gewechselt hatten. Es sei jetzt, sagte Doris, noch besser – und sie fügte hinzu *edler* – als früher. Reiche, bei dem zu Hause extrem gespart worden war, fragte: »Kann ich es auch bezahlen?«

»Ich hab nicht vor, dich zu ruinieren«, sagte Doris.

In dem Restaurant waren große historische Schwarz-Weiß-Aufnahmen von europäischen Sehenswürdigkeiten an den Wänden: vom Eiffelturm, von der Tower-Bridge, dem Kolosseum usw. Im übrigen strahlte das Lokal bürgerliche Solidität aus. Es bekam von Reiche sofort einen Pluspunkt, weil das in manchen Gasthäusern übliche halblaute Musikgedudel fehlte.

Als Doris ihm gegenüber Platz genommen hatte, strahlte sie. Sie war offensichtlich guter Laune und Reiche hoffte, dass im Laufe des Abends etwas davon auf ihn abfärbte. Er betrachtete sein Gegenüber. Doris hatte eine weiße Seidenbluse an, die im Licht der Kerze immer wieder ins Silbrige changierte. Die Haare trug sie offen, was ihm immer am besten gefiel. Ihren Hals schmückte eine lange dreireihige Perlenkette, die ihr etwas ungewohnt Damenhaftes verlieh.

Nach der Mandelforelle, die in der Tat exzellent gewesen war, und noch vor dem Dessert, sagte Reiche: »Jetzt möchte ich doch wissen, wer letzten Sonntag bei dir war. Eine Frau, hast du gesagt.«

Doris goss sich Wein nach und nahm einen Schluck, den sie mit zierlichen Mundbewegungen auskostete. »Es war meine Mutter.«

Reiche riss die Augen auf. »Deine Mutter?«

»Ja«, sagte Doris, »es geht ihr nicht gut.«

»Was hat sie?«

Doris, die immer schon langsamer gegessen hatte als Reiche, war noch bei ihrem Rehmedaillon. Sie kaute hingebungsvoll, bevor sie weitersprach. »So wie's aussieht, hat mein Vater ein Verhältnis.«

Sofort tauchte vor Reiches geistigem Auge sein gewesener Schwiegervater, der Optikermeister August Graf mit seinem kurzen Hals und seinem spitzen Bauch auf.

»Sag bloß«, murmelte Paul. Er lehnte sich im Stuhl zurück und sein Blick fiel auf das Bild hinter Doris an der Wand. Es zeigte den Markusplatz in Venedig während des Karnevals: mit einem großschnabligen Harlekin im Vordergrund.

»... Das ging wohl schon Monate ... Soviel Raffinesse hätte ich meinem Vater gar nicht zugetraut.« Doris klopfte mit dem Messer auf die Tischdecke. »Hörst du mir überhaupt zu?«

Reiche schreckte auf. »Weißt du eigentlich, wie rasend schnell Holz brennen kann?«

Doris sah ihn irritiert an. »Was? Von was sprichst du?« Sie schüttelte pikiert den Kopf. »Die Lappalien meiner Familie scheinen dich ja nun überhaupt nicht zu interessieren.«

Paul räusperte sich. »Entschuldige. Aber der Brand geht mir nicht aus dem Kopf.«

»Was für ein Brand?« Und mit gerunzelten Brauen fügte sie hinzu: »Bist du noch immer bei deinem Fall?«

Reiche seufzte. »Der Mann hat Haus und Hof angezündet. In nicht mal einer Stunde war alles Schutt und Asche.« Er gab sich einen Ruck. »Was ist nun mit deinem Vater?«

Doris sah Paul nachdenklich an. Ihr Ärger war verflogen. Sie spürte, dass ihren Ex-Mann etwas bedrückte, dass er etwas loswerden wollte und dass es jetzt wichtig war, ihm zuzuhören.

»Erzähl ich nachher.« Sie beugte sich vor. »Du – warst du dabei, als alles abbrannte?«

Reiche war überrascht. Offenbar interessierte Doris, was ihn beschäftigte. Er hatte schon ein schlechtes Gewissen gehabt wegen seiner Unaufmerksamkeit. »Es hat mich an was erinnert«, sagte er.

Reiche schaute vor sich auf das Tischtuch, als könnte er dort die Szene noch einmal sehen. »Ich hab als Kind den Brand unseres Nachbarhofes erlebt. Ich weiß noch, wie entsetzt und verzweifelt die Menschen waren.« Er machte eine wegwischende Handbewegung. »Alles, was du hattest, in einer Nacht futsch.«

Doris hörte aufmerksam zu.

»Als Kind prägt sich so was tief ein.« Er blickte sie an. »Und als ich jetzt dieses Feuer erlebte … Wahnsinn, das eigene Haus anzuzünden, findest du nicht? Das hat was von Selbstvernichtung, oder?«

Er machte eine Pause. »Auf der anderen Seite …« Reiche schüttelte den Kopf. »Stell dir vor, derselbe Mann – hat doch tatsächlich die Maske in seinem Rucksack gehabt, als man ihn festnahm.«

»Die was?«

»Die Maske.«

Doris schüttelte den Kopf. »Was denn für eine Maske?«

»Den *Hirrlinger Butz*.«

G. BRAUN BUCHVERLAG in Karlsruhe seit 1813
Karlsruhe
www.gbraun-buchverlag.de

Covergestaltung: post scriptum, www.post-scriptum.biz
Titelbild: post scriptum, www.post-scriptum.biz
Satz: G. Braun Buchverlag, Karlsruhe
Lektorat: Bettina Bauer-Wörner

ISBN 978-3-7650-8363-1

Printed in Germany

Roland Lang im G. Braun Buchverlag

Roland Lang
Mord im Hirsch
Ein Schwarzwaldkrimi
240 Seiten, broschiert
ISBN 978-3-7650-8361-7

»Bei der Suche nach dem Motiv und Täter knobelt, kombiniert und recherchiert man gemeinsam mit Reiche und seinem ›adligen‹ Partner. Dabei jongliert der Autor gekonnt mit Denkansätzen und Informationen, die in immer neue Richtungen deuten. Kommissar Reiche ermittelt manchmal eigenwillig, etwas chaotisch, aber mit viel psychologischem Gespür und Einfühlungsvermögen – wenn sein Privatleben es zulässt … nette Nebengeschichten und badisches Lokalkolorit«

ka-news